강화학개론

빈형 게임 판타지 장편소설

WISHBOOKS FANTASY STORY

강화학개론 1

빈형 게임 판타지 장편소설

초판 1쇄 찍은 날 | 2017년 6월 14일
초판 1쇄 펴낸 날 | 2017년 6월 21일

지은이 | 빈형
펴낸이 | 예경원

기획 | 위시북스
편집책임 | 박우진
편집 | 이즈플러스

펴낸곳 | 예원북스
등록번호 | 제396-2012-000132호
등록일자 | 2012. 7. 25
KFN | 제1-112호

주소 | 경기도 고양시 일산동구 호수로 646-24 위너스21 II 빌딩 206A호 (우)10401
전화 | 031-819-9431 팩스 | 031-817-9432
E-mail | yewonbooks@naver.com

ISBN 979-11-6098-322-7 04810
979-11-6098-321-0 (set)

※ 이 도서의 국립중앙도서관 출판시도서목록(CIP)은 서지정보유통지원시스템 홈페이지(http://seoji.nl.go.kr)와 국가자료공동목록시스템(http://www.nl.go.kr/kolisnet)에서 이용하실 수 있습니다.

강화학개론
빈형 게임 판타지 장편소설
WISHBOOKS FANTASY STORY
1
Wish Books

강화학개론

CONTENTS

Episode 0.

Prologue

1

13주 연속 MMORPG 부문 온라인 게임 랭킹 1위를 지키고 있는 '더 월드'의 수도 아킬라.

족히 3백 명은 수용할 수 있는 넓은 강화소 안은 최대 수용 인원보다 더 많은 사람으로 복작거리고 있었다.

-태초 불멸의 검을 14강 한 사람이 여기 있다고?

-다들 그 사람 보러 온 거잖아.

-어디 있는데?

놀라운 건 그 많은 사람이 단 한 명의 유저를 보기 위해 모여들었다는 것.

강화소 내부뿐 아니라 바깥에도 더욱 많은 유저가 모여 있음을 본다면 놀라운 일이 아닐 수 없다.

게다가 수도 아킬라는 적어도 더 월드를 반년 이상 플레이해 레벨을 올려야 올 수 있는 장소.

그렇다는 건 밥 먹고 사냥만 하는 게임 폐인이라는 소리를 듣는 유저들이 사냥도 포기하고 모였다는 뜻이다.

—14강이라니. 미친 거 아냐?

—난 더 월드하면서 14강 처음 본다.

—그것도 태초 불멸의 검이라니. 그거 노강만 현금으로 30만 원 아니야?

—12강짜리 150만 원에 거래되는 건 봤는데.

—그럼 저건 얼마냐.

—한 천 하지 않겠냐?

—확실히……. 조만간 가상현실만 나오지 않았으면 훨씬 더 받을 텐데.

—그래도 천이 어디냐. 요즘 세상에 온라인 게임에 천이라니.

—그치.

'더 월드'의 강화 시스템은 극악의 확률을 자랑한다.

고레벨 유저들이 모인 이유 또한 그것.

신기한 것도 신기한 것이지만, 그들이 사용하는 레벨 대의 고강화 무기를 구할 수 있다면 남들보다 한발 앞서 나갈 수 있는 기회가 된다.

물론 많은 돈이 필요하겠지만 그 정도를 내서라도 최고가 되겠노라 하는 사람은 많다.

더군다나 13주 연속 1위를 지키고 있는 유명한 게임이 아닌가.

단순히 구경하기 위해 온 유저들 외에 그런 목적을 띤 유저들이 하나둘 외치기 시작했다.

–혹시 태초 불멸의 검 14강 강화하신 분, 계십니까? 구매를 원합니다!

–저도 구매 원합니다. 귓말 주세요!

–가격은 원하시는 것보다 훨씬 잘 쳐드리겠습니다!

가상현실 때문에 시세가 떨어질 것이라는 몇몇 유저의 말에도 불구하고 열기는 대단했다.

가상현실이 나온다고 해도 충실한 유저들은 여전히 PC 게임을 할 것이고, 또 캡슐 값 또한 무시할 수 없기에 당장 PC 게임이 망할 일은 없다.

특히 '더 월드'에 밥 먹는 시간을 제외한 모든 시간을 사냥에 몰두하는 최고 랭커들이 이제 막 도입되기 시작하는 가상현실에 혹해 지금껏 키운 캐릭터와 길드, 인맥을 버리고 발걸음을 떼는 건 말도 안 되는 일.

–얼마에 살 건데요?
–900에 사겠습니다!
–910!
–930까지 쳐드릴 수 있습니다.

수요는 대단했다.
가격 또한 훌륭하다.

–좀 부족한데…….

하지만 사람들 틈에서 들려오는 14강 무기 주인의 채팅엔 불만이 가득했다.
무기를 사기 위해 사냥하다 말고 뛰어온 유저들의 마음이 다급해지기 시작했다.
게임을 하며 한 번 나올까 말까 한 고강화 무기다. 그냥 노력해서 얻을 수 있는 게 아니라 천운이 따라줘야 가능하다는 14강이다.
게임이 망하지 않는 한 가치가 계속해서 오를지언정 떨어지지 않을 것이다.

게다가 태초 불멸의 검은 현존하는 최고 레벨의 무기.

–원하는 값을 드리겠습니다!

–저도! 저한테 팔아주세요!

유저들이 적어도 100에서 200 정도까지 손해 볼 각오를 다졌다.

구경하던 유저들은 혀를 차면서도 흥미롭게 상황을 지켜보았다.

–적어도 2천은 필요한데…….

그럼에도 다시 한번 들려오는 무기 주인의 말에 유저들은 침묵했다.

그가 말한 가격은 너무나도 터무니없는 가격이다.

2천만 원.

분명 대단한 무기인 건 맞지만 2천만 원이라는 돈을 주고 사기엔 찝찝하다.

자금에 여유가 있는 유저들마저도 인상을 찌푸렸다.

하지만 누구도 불만을 터뜨리진 않았다.

여긴 경쟁자가 우글거린다. 혹여 총대를 메고 말을 꺼냈다가 그만 밉보여 나가떨어지고 난 뒤 가격이 하락할 수도 있다.

침묵이 유지되는 가운데 어느새 강화소 2층 난간을 붙잡고 찬란하게 빛나는 검을 꺼낸 남자가 말했다.

—아무래도 2천은 오버겠죠? 14강이라도.

역시 누구도 대답하지 않았다.

다만 이번엔 다른 이유였다.

—와, 미친. 이펙트 봐.

—14강 이펙트…….

—눈이 부시다.

—옵션 어떻게 붙었는지 한 번만 보고 싶다.

—14강이 저 정도면 15강은 어떤 거지?

—하늘에서 빛이 쏟아지지 않겠냐?

압도적인 이펙트에 수백 명의 유저가 감탄을 쏟아냈다.

동시에 구입을 위해 온 유저들의 욕구가 한층 솟구쳤다.

게임에 절대 빠질 수 없는 게 캐릭터 커스터마이징!

남들에겐 없는 화려함을 뽐내고 다니는 것이야말로 부의 상징이자 열심히 게임 속 캐릭터를 키웠다는 자부심이 되지 않겠는가.

하지만 그런 욕심에도 2천만 원은 역시 쉽게 콜을 외칠 수 있는 금액이 아니다.

침묵이 조금 더 이어지자 검을 들고 있던 남자가 다시 말을 꺼냈다.

—알겠어요. 그럼 15강 해서 2천에 팔게요. 어때요? 사실 분?

—???

—15강을 가겠다고?

—저 검을?

—미친 거 아냐?

이번엔 경악이었다.

정신이 제대로 박힌 사람이라면 절대 생각할 수 없는 해괴한 결론.

원하는 만큼의 값이 안 나온다고 한 번 더 강화한다?

'더 월드'에서?

단순 표기되는 15강 성공 확률은 0.03%다.

만 개를 시도하면 3개가 성공할 확률.

그런 확률을 마치 하면 된다는 듯 말하는 남자의 확언이 어이가 없을 수밖에 없다.

—그럼 잠깐만 기다려요.

—……?

하지만 유저들은 그 이상함에 익숙해질 틈이 없었다.

남자의 캐릭터가 말을 하자마자 곧바로 움직이더니 뒤에 있는 수많은 모루 중 하나에 검을 올려둔 것.

—아, 안 돼!

그제야 상황이 어떻게 흘러가는지 파악한 유저들이 뒤늦게 채팅을 치기 시작했다.

—그럴 거면 나 줘!

—님!

—미쳤어요?

—장난이지?

—장난이겠지. 1,200은 줄 기세던데 설마 그걸 녹이겠냐.

경악과 장난일 것이라는 반응.

태초 불멸의 검 +14강이 등장했다는 메시지를 보았을 때보다 더 격한 반응들이 쏟아져 나왔지만.

탕! 탕! 탕!

—……?

—……?

그 반응들을 조금도 신경 쓰지 않은 남자의 캐릭터는 눈부시게 찬란한 순백의 이펙트가 쏟아져 나오는 검을 그대로 모루 옆에 있는 낡은 망치로 내려치기 시작했다.

좌중에 침묵이 흘렀다.

모두가 침을 삼킬 생각조차 하지 못했다.

저 캐릭터의 행동이 무엇을 의미하는지 모르는 유저는 단 한 명도 없었다.

'저질렀다.'

'미친.'

'버근가?'

'아니면 사기?'

혼란과 열댓 번의 망치질 소리.

그리고…….

[축하합니다! '시티즌' 님이 '태초 불멸의 검(+15)'을 획득했습니다!]

—…….

—…….

강화소 안에 하늘로부터 오색 빛 찬란한 무지개가 쏟아져 내렸다.

경악의 침묵 속, 다시금 난간에 다가와 더 화려해지고 찬란해진 검을 든 남자가 말했다.

-수수료 떼고 2,400. 사실 분?

Episode 1.

전설의 레전드 강화사

1

"설치 완료되었습니다."

"네, 감사합니다."

10평도 채 안 되는 작은 원룸.

사람 한 명 겨우 지나다닐 공간에 들어선 커다란 캡슐을 보며 한시민이 뿌듯한 미소를 지었다.

"좋아."

만족스럽다.

결국엔 구입했노라!

"하아."

물론 그 과정이 순탄치만은 않았고 미래 역시 불투명하긴 하다.

무려 1,500만 원짜리 가상현실 캡슐.

'판타스틱 월드'를 위한 접속기이며 유저를 위한 온갖 시스템이 갖춰져 있는 최첨단 과학 기술의 집약체다.

온몸에 멍이 들고 다리를 절뚝이는 것이 다 이를 구하기 위해서였다.

'판타스틱 월드'의 오픈 일에 맞춰 캡슐을 구하기 위한 노력들!

'더 월드'에서 아이템을 무려 2,400만 원에 팔아먹기까지의 과정을 되돌아보며 그는 눈물을 훔쳤다.

"다시는 그런 미친 짓 하나 봐라……."

사고 이후 생긴 특별한 능력은 분명 그의 비루하던 인생에 희망의 빛을 가져다주었지만, 마냥 좋은 것만은 아니었다.

게임 아이템의 가치는 한때 정점을 찍은 뒤 하락하고 있었으며 강화 100%를 위한 과정은 험난하기 그지없다.

확률이 어느 정도 보장된 10강까지는 별다른 무리 없이 강화에 성공했지만, 성공 확률이 한 자릿수가 된 순간부터는 온갖 해괴한 자세를 취해가며 강화 시간까지 맞춰야만 했다.

그뿐이랴.

0.03%라는 최악의 확률을 가진 15강을 성공하기 위해 낡아빠진 책상 위에 올라가 세 손가락으로 물구나무를 선 채 두 다리를 꼬고 혓바닥으로 마우스를 클릭해야 했다.

그랬음에도 70%의 확률밖에 보장받지 못해 캐릭터가 망치를 두드리는 내내 마음을 졸이며 기도를 할 수밖에 없었다.

남들이 보기엔 쿨내 풀풀 풍기는 사기 캐릭터로 보이겠지만 어쩔 수 없는 선택이었달까.

'다 잘 끝났으니까.'

어쨌든 결과가 좋으니 잊기로 했다.

가상현실 게임이 오픈된다면 더 이상 몸을 다쳐 가며 돈을 벌 필요가 없을 테니까!

게임 속 캐릭터가 대신하겠지만 그건 한시민과 전혀 관계가 없다.

"흐흐흐."

음흉한 미소가 절로 나왔다.

대충 검색만 해봐도 당장 나오는 '판타스틱 월드'에 대한 전 세계 게이머들의 관심은 장난이 아니다.

13주 연속 1위를 지킨 '더 월드'의 인기도 '판타스틱 월드' 앞에선 그저 한낱 미풍일 뿐. 캡슐 값이 무려 1,500만 원이나 하고 계정 값도 한 달에 30만 원임에도 사전 구매자가 천만 명이 넘었다니 말 다한 셈.

물론 캡슐이 게임 외에도 일상생활을 대체하는 중요한 역할을 할 수 있다는 사실이 한몫했겠지만, 게임을 하는 자라면 '판타스틱 월드'가 가지는 가치에 대해 모를 수가 없다.

한시민 역시 그 냄새를 맡고 급히 돈을 마련했다.

"내 특기를 살려 부자가 되는 거야."

장밋빛 미래가 초롱초롱 한시민의 눈앞에 펼쳐진다.

군대 전역 후 막막한 미래에 현실에서 도피하고 뒹굴다 재수 없게 당한 사고로 인해 생긴 능력!

때마침 그를 위해 등장한 가상현실 게임!

마치 돈을 갈고리째 끌어모으라고 떠미는 것 같지 않은가.

해서 한시민은 한 치의 망설임도 없이 부모님께 자신의 포부를 밝혔다. 그 결과가 이 작은 원룸이고.

"꼭 부자가 되어 인정받겠다!"

눈물이 앞을 가렸다. 스물다섯 처먹고 게임이나 해서 돈을 벌겠다는 아들 따위 필요 없다며 쫓아내시는 부모님의 단호함이 다시 떠올랐다.

그게 아니라…… 사실은 제가…… 등등 변명할 여지조차 없었다.

그가 쫓겨나듯 독립한 시간 동안 호적에서 파이지 않기만을 바라야 할 뿐인 슬픈 상황.

독기 어린 눈빛이 캡슐을 향했다.

꼭 성공하여 금의환향하리라!

오픈까지 3시간.

필요한 건 모두 준비되었다.

캡슐, 시간, 그리고 건장한 몸!

"간다!"

미리 캡슐에 들어가 알람을 맞춘 한시민이 눈을 감았다.

['판타스틱 월드'가 오픈되었습니다.]

그리고 머릿속에 흘러 들어오는 경쾌한 음악과 함께 눈앞에 작은 홀로그램이 등장했다.

"접속."

세계 최초의 가상현실 게임. 고글사가 만들어낸 인공지능인 베타고가 자체 제작, 운영하는 '판타스틱 월드'로의 문이 열렸다.

'이거구나!'

잠시 어두워지는 시야, 그리고 느껴지는 이질적인 기운.

내 몸이 내 몸이 아닌 것 같은 기분에 한시민이 웃었다.

가상현실.

또 다른 세상.

소설 속에서나 나오던 세상을 체험할 수 있는 날이 도래했다.

뿌듯함을 느끼며 과학기술의 발전에 감탄하는 사이, 그의 귓가로 청량한 목소리가 들려왔다.

"이름을 설정해 주세요."

귓가를 간지럽히는 아름다운 목소리.

인공지능 베타고의 목소리에 한시민이 대답했다.

"시민."

"설정 완료. 캐릭터를 커스터마이징 하시겠습니까?"

"당연하지."

더 월드에선 닉네임 중복으로 만들지 못했던 그의 이름이 설정되었다는 말과 함께 눈앞에 전신 거울이 등장했다.

"음."

생긴 것에 딱히 불만은 없다. 살면서 중요한 것은 오로지 돈뿐이라 믿는 한시민이기에.

게다가 생긴 것 때문에 불편을 겪을 정도로 못생기지도 않았다.

다만 너무 현실의 모습을 반영한다는 것이 불만이랄까.

"성별 바꾸기 안 돼?"

"불가합니다."

단호한 말에 인상을 찌푸렸다.

"여자가 좋은데……."

변태라서가 아니다.

여자 캐릭터는 단연 게임을 플레이하는 데 있어 200% 정도 혜택을 안고 시작한다.

어차피 현실에서 만날 일도 없는데 굳이 자신의 성별을 유지하는 것보다 가만히 있어도 호의적인 시선이 남발하는 여자 캐릭터를 만드는 게 훨씬 이득.

그게 안 된다는 말에 혀를 찰 수밖에 없었다.

온전히 돈을 위해 게임하는 한시민에겐 그리 좋은 소식이 아니다.

해서 차선책이라도 찾기로 했다.

"어쩔 수 없지. 그럼 외형은 어느 정도 바꿀 수 있어? 초절정 꽃미남으로 성형 가능해?"

"불가합니다. 외형은 털의 길이, 흉터의 소멸과 같은 부분까지 가능합니다."

"……되는 게 뭐야."

"웬만한 건 모두 가능합니다."

꼬박꼬박 대꾸해 주는 베타고의 말에 한숨을 내쉬며 짧은 머리를 길게 늘였다. 눈썹을 넘어 눈을 살짝 가리는 긴 머리와 은발로 염색까지 하자 이미지가 확연히 달라 보였다.

'혹시 모르니까.'

원래 게임의 최대 장점이자 단점은 익명성이다.

무슨 짓을 해도 현실의 나와는 별개이기에 현실과 다른 삶을 살 수 있는 것!

그게 안 된다니 어쩔 수 없지만, 그래도 게임을 플레이하다 보면 별일이 다 벌어지기에 현실의 신상이 털리지 않도록 어느 정도 대비를 해놓았다.

그래 봤자 현실에서도 아는 사람이 별로 없지만.

"설정 완료."

"시작 지점은 랜덤으로 선택됩니다. 즐거운 여행되시길."

눈앞이 번쩍였다.

그러고 나서 보이는 풍경은 진짜 또 다른 세상의 시작이었다.

2

"사냥 가실 분!"

"토끼 잡으러 가실 분들 모집합니다!"

"파티원 모집!"

성벽이 둘러진 거대한 성이었다.

그 성 내부의 광장은 한창 시끌벅적했다. 세계 각지에서 접속한 수많은 유저가 의욕을 갖고 사냥을 나서기 위해 움직이고 있었기 때문.

"오."

한시민은 다른 이유로 놀라워했다.

'언어를 자체 통역해 주는 건가?'

당연히 대한민국에서만 캡슐이 천만 대가 팔렸을 리 없다.

하나에 무려 1,500만 원짜리다.

게임을 만든 건 대한민국이지만, 비싼 가격 때문에 외국 유저의 비율이 높을 수밖에 없는데도 말을 알아듣는 것을 보면 통역이 자연스럽게 되고 있다는 뜻.

교육의 노예로 10년 넘게 살아온 대한민국 학생이라면 놀라울 수밖에.

"이거 하나면 외국어 공부 안 해도 된다는 거잖아?"

배울 필요가 없다!

캡슐로 소통하면 언어의 장벽 따위가 없기 때문!

새삼 감탄하며 걸음을 옮겼다.

족히 수백 명은 되는 사람이 오가는 광장은 그리 오래 있고 싶은 장소가 아니었다.

"대학로보다 바글거리네."

거기에 하나하나 인격이 부여되고 자체적으로 행동하는 '판타스틱 월드'의 주민들, NPC까지 섞여 있으니 그야말로 하나의 세상이나 다름없었다.

광장을 빠져나왔다고 해도 상황은 크게 다르지 않았다.

유저들은 새로운 세상의 놀라운 현실감에 감탄했다. 그들은 사냥을 위해, 퀘스트를 깨기 위해, 그도 아니면 이 세상의 주민들과 친해지기 위해 의욕적으로 돌아다녔으며 NPC들은 새로이 나타난 유저들의 존재에 경계하는 동시에 호기심을 가졌다.

활기가 넘치고 생명감이 요동친다.

한시민은 그 분위기에 취했다.

'돈 냄새가 나는 이런 훈훈한 분위기. 좋아.'

더 월드도 분명 최고의 PC 온라인 게임이었고, 13주 연속 1위를 유지할 만큼 유명하고 유저가 많아 아이템 하나에

2,400만 원이라는 돈을 벌 수 있었지만, 그것과 판타스틱 월드를 비교한다면 개울과 바다 같은 느낌이었다.

일단 1,500만 원짜리 캡슐을 사야 할 수 있는 게임!

그것을 즐기는 돈이 썩어나는 유저들!

그들을 타깃으로 팔아먹는 고강화 아이템의 가치?

"저기요, 강화소가 어디예요?"

한시민이 한눈에 봐도 이곳 주민처럼 보이는 NPC를 붙잡고 물었다.

NPC는 친절히 손가락을 가리키며 길을 설명해 주었다.

그럼에도 성이 워낙 넓어 한참을 헤매던 한시민이 겨우 강화소를 찾았다.

강화소는 그리 크지 않았지만 고급스러웠다.

조심스럽게 문을 열고 들어가자 대장간이라고 해도 무방할 정도의 내부가 눈에 들어왔다.

그리고 그것을 보자 가슴이 뛰기 시작했다.

될 것 같다.

할 수 있다.

여기저기 널려 있는 무기들을 강화하고 싶다!

'판타스틱 월드'에서도 강화 콘텐츠가 존재했고 고강화로 갈수록 이펙트가 화려해진다고 한다.

단순히 컴퓨터에 표기되는 이펙트가 아닌, 또 다른 세상에서 남들과 다른 화려한 이펙트의 무기를 쥔다면?

슈퍼카를 가지고 다니는 것 이상의 주목을 받을 수 있다.

아이템을 내다 팔아 부자가 되는 상상과 동시에 한시민은 자신의 캐릭터가 찬란하게 빛나는 모습을 떠올렸다.

"흐흐, 캐릭터 정보."

[캐릭터 정보]

* 이름: 시민

* 직업: X

* 칭호: X

* 레벨: 1

* 스탯: 힘(5) 민첩(5) 체력(5) 행운(5) 마력(5)

볼품없는 스탯이지만 한시민은 실망하지 않았다.

그에게 있어 캐릭터의 레벨이나 스탯은 부수적인 문제일 뿐이다.

"게임은 템빨! 레벨이야 템만 있으면 금방 올려!"

실제로 더 월드에서도 고강화 아이템으로 본인 레벨보다 훨씬 높은 몬스터들을 홀로 때려잡으며 금방 랭커가 됐었다.

가상현실이라고 다르리란 생각은 들지 않았다.

결국 이것도 게임이다.

해서 가장 먼저 강화소로 달려온 것이고.

"뭐냐?"

각오를 다지는 사이 강화소의 주인으로 보이는 중년의 사내가 다가왔다.

"왜 왔어?"

아래위로 건성으로 훑는 눈빛과 퉁명스러운 말투.

한시민이 웃었다.

"15강 하러 왔습니다."

당당한 포부가 강화소 내부에 울려 퍼졌다.

'판타스틱 월드'의 강화 콘텐츠 역시 15강까지 존재한다.

5강부턴 강화 실패 시 단계가 하락하며 내구도가 손상되고 8강부턴 아이템 파괴 확률이 추가된다.

게다가 10강부턴 성공 확률보다 실패 확률이 3배 이상 높고 그보다 파괴 확률이 높다고 하니 '더 월드'와 비교해도 꿇리지 않는 인생 파멸의 지름길!

실제로 확인해 본 유저는 당연히 없지만 NPC들은 강화의 어려움을 잘 알고 있다.

"웃기고 있군."

수염이 덥수룩한 근육질의 강화소 NPC가 비웃었다.

"웃기다뇨. 유저 무시합니까?"

"모험가들은 오만하기 그지없다더니 사실인가 보군."

"오만이 아니라 자신감이라 해두죠."

한시민은 주눅 들지 않은 채 받아쳤다.

자신감이 넘치기 때문!

"놀라지나 마시고, 강화 어디서 해요?"

NPC와 노닥거리며 감정 낭비를 하고 싶지도 않았다.

자리를 옮겨 모루로 향하려 하자 NPC가 그의 앞을 가로막았다.

"무기와 돈, 강화석을 주면 강화해 준다."

"……내가 하는 게 아니라?"

"강화 스킬은 있고 말하는 것인가?"

"아."

그렇지.

한시민이 수긍의 의미로 고개를 끄덕였다.

대부분의 게임엔 강화 시스템이 기본적으로 유저들에게 주어져 있지만 지금 한시민이 플레이 중인 게임은 인공지능이 만든 자유도가 무궁무진한 가상현실 게임이다.

농사를 짓기 위해 게임을 하는 유저도 있는 마당에 강화 역시 손수 배워야 하는 게 당연한 것.

"그럼 가르쳐 주세요."

당당한 요구에 강화소 NPC가 고개를 젓고 자리로 돌아갔다.

"저기요?"

"……."

"아저씨?"

"……."

대답 없는 그대.

유저에게 무한히 친절한 NPC의 모습 따위는 눈곱만큼도 찾아볼 수 없는 모습에 그제야 한시민은 게임 출시 전 고글사에서 발표한 말의 의미를 이해할 수 있었다.

—판타스틱 월드는 또 하나의 세상입니다. 그곳에 사는 주민들은 NPC가 아닌 세상에 속해 사는 주민이며, 하나하나가 인격을 가진 사람입니다. 당연히 유저를 위한 도우미가 아니며 유저들 역시 게임을 한다는 마인드보단 또 하나의 세상을 모험한다는 마음가짐으로 플레이해야 원활한 성장을 도모할 수 있을 것입니다.

'이게 그런 뜻이었나.'

쥐뿔도 없는 레벨 1짜리 모험가 따위의 말은 들어주지 않는다!

이런 말도 안 되는 게임이 있나 싶음과 동시에 도전 욕구가 불타올랐다.

'유저에게 이러는 NPC는 처음이야!'와 같은 심리랄까.

다행이라면 한시민은 세상에 상당히 타협적인 성격을 가졌다는 것이다.

"스승님!"

그가 곧바로 달려가 카운터에 앉은 NPC의 앞에 무릎을 꿇고 절을 했다.

"뭐, 뭐야?"

"스승님, 제가 무엇부터 하면 좋을지 말해주세요."

"……."

"밥부터 할까요?"

강화는 그의 인생이자 게임을 시작한 이유다.

강화 스킬이 없다면 돈을 벌 방법도 없고 매달 빠져나가는 월세며 게임 계정비며 생활비를 충당할 방법도 없다.

한시민이 더 월드에서 많은 돈을 벌고 캐릭터를 번쩍이게 꾸밀 수 있었던 이유는 게임을 잘해서라기보단 무조건 강화를 성공할 수 있는 능력을 가졌기 때문이었으니까.

판타스틱 월드 역시 마찬가지다.

평범한 사람들보다야 게임을 잘한다는 자부심은 있지만 소위 말하는 최상위권 랭커들과 비교했을 때 그 정도의 재능이 있다고는 생각지 않는다.

하지만 그만큼의 돈을 벌기 위해선 그들이 있는 곳까지 올라야 한다.

그러기 위해 필요한 게 특별한 능력이다. 강화 스킬은 그 능력을 이끌어 낼 매개체고.

"제발요, 스승님."

"……허. 모험가란 정말 웃기는군."

"사실 제가 강화에 엄청난 소질이 있다니까요? 진짜 보면 깜짝 놀라실걸요?"

"강화란 노력과 신이 정해주신 운에 따르는 법. 소질이란 없다."

"아. 아니라니까요. 100% 확률로 15강까지 스트레이트로 가는 거 보고 싶지 않아요? 제가 이래 봬도 다른 세상에선 최초로 15강에 성공한 사람이에요."

이 정도면 반쯤 구걸이나 다름이 없다.

한시민은 구걸에 진심을 담았다.

"……."

강화소 NPC가 잔뜩 인상을 찌푸렸다.

안 그래도 험악한 얼굴이 더 구겨지자 흉악한 분위기가 연출됐다.

'한 대 맞는 거 아냐?'

한시민이 움찔했지만 물러서진 않았다.

어차피 맞아봤자 캐릭터가 맞는 것이다.

한참을 눈싸움하다 이내 강화소 NPC가 포기했다.

"좋다. 그럼 열흘간 잡다한 일을 도맡아하면 강화하는 방법 정도는 알려주지."

"오! 감사합니다, 스승님!"

가진 것이라고는 주머니 속 은색 동전 하나, 1실버뿐이다.

지나친 현실감을 자랑하는 게임이라 인벤토리도 없다.

그런 알거지가 공짜로 강화 스킬을 배울 기회를 얻었다.

[칸의 심부름]

*등급: C

*내용: 열흘간 칸의 심부름을 도와주고 강화 기술을 전수받자!

*보상: '강화(F)' 습득.

'열흘쯤이야.'

랭커들이 레벨을 올려 남들보다 앞서 사냥터를 독점하고 새로운 아이템들을 얻어 돈을 번다면 한시민의 돈을 버는 방식은 좋은 아이템을 구해 강화해 그들에게 비싼 값에 팔아먹는다.

해서 초반 열흘은 절대 놓쳐선 안 되지만 동시에 강화 스킬을 얻기 위한 것이라면 충분히 감수할 만하다.

적당히 유저들의 레벨이 높아지는 편이 오히려 좋을 수도 있다.

[퀘스트를 수락했습니다.]

게다가 한눈에 봐도 할 일이 없어 보이는 강화소 NPC가 시켜봤자 무슨 일을 얼마나 시킬까.

대충 빈둥빈둥하면서 게임에 적응도 하고 나가서 사냥도 조금씩 할 생각이었다.

물론 그게 그만의 생각이라는 걸 깨닫기까진 그리 오랜 시간이 걸리지 않았다.

3

[칸의 허락 없이 성 밖으로 나갈 수 없습니다.]

"……이런 미친."

한시민이 인상을 찌푸렸다.

그리 크지는 않지만 그렇다고 작지도 않은 강화소 내부를 청소하고, 쓰레기를 버리고, 성 내부의 NPC들에게 이런저런 서찰 전달하는 일을 시키는 칸에 치여 지친 한시민이 슬쩍 성 밖으로 나가 사냥이라도 해보려던 차에 닥친 상황이었다.

"나가는 게 금지된 모험가군. 돌아가게."

"……."

홀로그램이 친절하게 성문의 NPC들이 왜 가로막는지 알려주었기에 그냥 돌아섰다.

NPC 따위야 죽이고 나가면 되는 여타 게임과는 달리 성을 지켜야 하는 막중한 임무를 띤 판타스틱 월드의 성 문지기는 기본 레벨이 적어도 레벨 1인 유저보다는 훨씬 높을 게 분명했다.

딱히 갈 데도 없기에 터덜터덜 강화소로 돌아온 한시민이 대충 의자에 걸터앉았다.

"에휴."

"젊은 놈이 웬 한숨이냐."

"젊은 놈을 열정페이로 부려먹는 빌어먹을 스승님 때문에요."

"배우고 싶지 않다면 당장에라도 포기해도 좋다."

"누가 싫대요?"

게임에서 누군가의 심부름이나 하는 걸 좋아할 유저는 없다. 군대를 겪은 대한민국의 남성은 더더욱.

한시민이 NPC의 심기를 거스르지 않는 선에서 불만을 표출했다.

"아니, 강화하는 방법 알려주는 게 무슨 레전더리 등급 아이템 달라는 것도 아니고……."

"배우기 싫다고?"

"그럴 리가요. 열흘은 좀 그렇고 5일 정도면 어떨까 싶어서……."

"웃기는 놈이군. 네놈의 말도 안 되는 헛소리에 호기심만 생기지 않았다면 그마저도 없었을 것이다."

"무슨 헛소리요?"

"15강에 성공했다는 그 말."

"……."

"강화 기술을 배우기 위해 거짓말한 건 아니겠지?"

"당연히 아니지만 설마 그것 때문에 알려주겠다고 한 거예요?"

정말?

설마 하는 마음으로 칸을 보았지만, 그의 표정은 진지했다.

"말도 안 되는 말이지만 거짓말하는 것으로 보이지는 않았다."

"……."

아니, 이 아저씨가 양심은 있는 건가?

"혹시 15강 성공 확률을 모르는 건 아니죠?"

"0.001%. 전설의 축복석을 사용하면 0.005%까지 올릴 수도 있지."

"그런데 그걸 성공한다는 말을 믿었다고요?"

"물론 거기까지 믿진 않는다. 다만 적어도 10강까지는 네 말을 증명해 보여야 할 것이다."

"실패하면요?"

"당연히 가르쳐 준 기술은 회수해 가야겠지."

뭐?

10강까지도 확률이 이만저만 낮은 게 아니다.

아직 강화 콘텐츠를 건드리는 이는 없겠지만 단순 확률만 봐도 10강 성공 확률은 20%다.

다섯 번 중 한 번 성공할까 말까 하는 확률을 1강부터 스트레이트로 성공하라고?

"말이 됩니까?"

"안 되지. 자신 없으면 지금 포기해라."

한시민에겐 말이 되는 이야기다.

불만을 갖는 건 얼토당토 않는 조건에 대해서가 아니다.

"아니, 그럼 지금 알려줘요. 당장 보여주고 강화 스킬 배워서 떠나게."

어차피 실패하면 회수할 것이면서 대체 왜 열흘 동안 부려먹는단 말인가!

칸의 말처럼 유저에게 가르쳐 주고 회수할 능력이 있다면 배우고 튈 가능성도 없다.

게다가 칸 역시 레벨 1인 한시민 따위는 손가락 하나로도 죽일 능력 정도는 될 테니 문제될 것도 없고.

"생각해 보니 어이없네. 결국 아저씨 호기심 때문에 거래하는 거잖아요. 그럼 그냥 알려주고 보면 되지 왜 귀한 남의 집 자식을 부려먹으려고 해요?"

"아저씨?"

"그럼 아저씨지. 아직 가르쳐 준 것도 아닌데 스승 취급 해줘야 해요?"

문득 억울해졌다.

남들은 벌써 성 밖으로 나가 토끼도 잡고 모험도 하고 레벨을 올리는데, 한시민은 10시간 넘게 이곳에 죽치고 앉아 쓸데없는 청소나 할 뿐이다. 그나마 열심히 일했다고 스탯이라도 오른다면 불만이 덜했겠지만 그도 아니다.

퀘스트를 수락할 땐 열흘 정도는 괜찮다고 생각했지만, 만약 실패하면 강화 스킬을 회수해 간다는 말에 갈대처럼 마음이 흔들렸다.

설마 10강 가는 데 실패할 것이라는 의심은 없었다. 하지만 세상일은 누구도 모르는 것이니까.

이미 더 월드에서 15강 가는 데 성공할 확률이 70% 정도라는 걸 확인한 뒤였기에 확신할 순 없었다.

"모험가라 뭘 모르나 보군."

"뭘 몰라요! 알 건 다 아는구만."

하지만 칸은 침착했다.

"강화 기술을 가진 강화사는 대륙에 몇 되지 않는다. 기껏 꼽아봐야 백이 되지 않지. 게다가 대장장이의 비전처럼 가문 대대로 내려오기 때문에 모험가가 배울 기회는 강화사의 가문을 구하는 정도가 아니라면 불가능하다."

그 여유엔 이유가 있었다.

칸의 설명에 삐져나온 한시민의 입술이 살짝 들어갔다.

"그래요?"

애초에 유저들에게 공개된 판타스틱 월드의 정보는 많지 않다.

게임사에서도 열람이 허락된 부분만 공개하기 때문.

당연히 세계관이나 게임 내 직업의 희귀성에 관한 것은 알 방법이 없다.

"가르쳐 주는 것도, 모험가가 강화사에 대해 아는 게 신기했고, 만약 신께서 정하신 확률을 꿰뚫는 게 정말 가능한 자라면, 우리 가문으로 받는 쪽이 유리하기 때문일 뿐이다. 설마 초짜 모험가 따위에게 비전 기술을 가르쳐 줄 것으로 생각했는가?"

"……."

정곡을 찌르는 말에 한시민이 고개를 끄덕였다.

뭐라 반발할 방법이 없다.

왜냐하면…….

'저 빌어먹을 강화사가 절대 갑이란 뜻이네.'

한시민은 을이기 때문이다.

"열흘? 전 20일이라도 심부름할 수 있습니다!"

을의 반발은 금세 사그라졌다.

4

강화소는 한적했다.

성 내부엔 시간이 지날수록 더 많은 유저가 몰려들었지만 이제 막 게임을 시작한 유저들이 강화 콘텐츠를 접할 만큼 판타스틱 월드는 여유가 넘치는 게임이 아니었으니까.

물론 방문자가 한 명도 없지도 않았다.

유저가 많으면 그만큼 기이한 행동을 하는 사람도 많은 법.

"강화하러 왔는데요."

"강화할 무기랑 돈, 강화석."

"여기 초보자용 단검이랑 돈이요. 강화석은 없는데 어디서 사요?"

"……꺼져라."

초반부터 남들과 다른 무기를 끼고 게임 하고 싶어 찾은 몇 안 되는 유저는 칸의 퉁명스러운 말에 몇 마디 꺼내보지도 못한 채 되돌아가야만 했다.

당연히 한시민이 하는 일이라곤 온종일 앉아 노닥거리며 시간을 때우다가 칸이 시키는 별 쓸데없는 잡일 몇 가지뿐.

성내의 퀘스트를 수행하고자 한다면 할 수도 있었지만 귀찮아서 하지 않았다.

그렇게 시간을 보내다 4일째 되는 날, 한시민은 흥미로 찾아왔다가 욕만 먹고 돌아가려는 한 유저를 잡았다.

"저기요."

"네?"

"그 단검은 어디서 구했어요?"

"이거요?"

"네."

둘째 날부터 하나둘 들고 다니더니 4일째 되는 날인 오늘은 거리에 다니는 대부분의 유저가 하나씩 단검을 들고 꽤 그럴듯한 천 쪼가리를 걸친 채 걸어 다니고 있었다.

로그아웃하고 커뮤니티에 가입해 알아보면 쉽게 될 일이지만 한시민은 그 시간마저도 아까워 직접 물어보는 것!

당장 필요하지 않다는 이유가 한몫했다.

"이거 본성 가서 모험가 지원 받으러 왔다고 하면 나가서 토끼 두 마리 잡아오라 하고 줘요."

"……아."

"그나저나 저 아재 원래 저렇게 까칠해요? 한 대 맞을까 봐 무서워서 도망 나왔네요."

"너무 신경 쓰지 마세요. 원래 그런 아재니까. 그리고 강화는 웬만하면 지금 안 하시는 게 나을 거예요. 옆에 붙어서 좀 알아보니 강화석은 NPC한테 구해야 하는데 구하려면 개당 1골드는 필요하고 강화 비용도 한 번에 기본 50실버래요."

"헐."

필요한 정보를 얻고 준다!

처음 칸에게 들었을 때 한시민 역시 헉 소리를 냈었다.

고작 강화 한 번에 현금으로 15만 원이 필요하다니.

물론 현재 1골드에 10만 원으로 거래되는 것은 게임 초기라 화폐의 가치가 높기 때문이겠지만 어찌 됐든 지금의 상황에서 강화는 감히 이제 막 게임을 시작한 유저들이 건드릴 만한 콘텐츠가 아니었다.

한시민의 말을 들은 유저 역시 기가 질렸는지 고개를 끄덕였다.

"감사합니다. 그럼."

"네, 즐판하세요."

갈 길 가는 유저를 보낸 한시민이 한숨을 내쉬었다.

6일만 지나면 강화 스킬을 배운다.

배우고 칸의 조건대로 10강까지 하면 퀘스트는 완료되겠지.

문제는 그다음이다.

한 번에 1골드 50실버, 스킬을 직접 사용하면 1골드씩 드는 강화 비용을 주머니에 이젠 50쿠퍼도 채 없는 한시민이 감당할 수 있을까?

당연한 말이지만 10강에 성공한 무기는 칸이 가져갈 것이다.

'조금 땡겨 달라 할까?'

가능할지는 의문이지만 현재로서는 가장 쓸 만한 방법이다. 현금으로 골드를 사들인 뒤, 강화해서 파는 미친 짓은 원룸에서 라면으로 끼니를 때우는 한시민이 감히 생각할 수 없는 방법이니까.

이득이 나지도 않을 것이다.

'기껏해야 10레벨 무기일 텐데…….'

아직 10레벨을 넘은 유저가 없는 것으로 보아 레벨 업이 얼마나 힘든지 알 수 있었고 동시에 현재 유저들이 사용하는 무기가 얼마나 조잡한지 알 수 있다.

그런 무기를 사서 어느 정도 실패 확률을 감수해야 하는 구간, 동시에 강화 효과가 발휘되기 시작되는 구간인 8강 이상까지 올리려면 최소 8골드가 필요한데 과연 그런 무기를 80만

원, 그 이상을 주고 사려는 사람이 있을까?

'나라면 안 사.'

있긴 할 테다.

하지만 한시민의 머리로는 그런 사람이 있으리란 생각 자체가 들지 않았다.

"하아."

역시 인생은 실전이구나.

강화 확률 100%를 찾는 신비한 능력을 가져도 결국 소설처럼 미쳐 날뛰는 현실은 존재하지 않는 것인가.

부익부 빈익빈!

강화가 무조건 성공하면 뭐하나, 강화할 돈이 없는데.

자신이 쓸 무기를 강화한 후, 사냥이라도 해서 앵벌이 하려 해도 당장 토끼 두 마리를 잡으러 나갈 수조차 없으니 답답할 수밖에.

"왔으면 청소나 해라."

"……예예."

거기다 빌어먹을 갑은 한시도 을을 가만히 두지 않는다.

한시민이 다시 마대를 잡았다.

열흘 동안 별다른 일 없이 레벨 1을 유지한 채 시간을 보내며 한시민이 생각한 것이 하나 있었다.

'초반부터 무기 강화해서 달리는 미친놈이 하나쯤은 있지 않을까?'

무려 천만이 넘게 플레이하는 게임이다.

입소문은 물론 게임사의 공격적인 홍보에 힘입어 유저 수는 점점 늘고 있고 게임 강국인 한국에선 1,500만 원짜리 캡슐을 수십 대 구입해 캡슐방을 운영하려는 사람도 하나둘 보이고 있다.

그런 게임에 돈지랄이 취미인 사람이 없을까?

있을 확률이 높다.

특히 이 성엔 더더욱!

칸에게 듣기로 이 성은 한 왕국의 수도는 아니지만, 특별시급은 된다고 하니까.

해서 기다렸다. 지루하기 짝이 없는 시간들을 보내며.

하지만 그런 이는 나타나지 않았고 욕만 먹고 돌아가는 유저들에 실망하며 퀘스트를 마칠 때쯤.

"어서 오세요."

"강화하러 왔습니다."

천 쪼가리가 아닌 가죽 방어구를 두른 여자가 들어왔다.

"……아, 이쪽으로 오세요."

칸 대신 카운터를 맡고 있던 한시민의 눈동자가 서둘러 여자를 스캔했다.

'예쁘다.'

첫인상 평가였다.

외모는 표현하지 않아도 절로 감탄이 나올 만큼 예뻤고 170 가까이 되는 기럭지에 가죽 방어구를 뚫고 나오려는 가녀리면서도 가득 찬 몸매는 한시민이 캐릭터를 만들 때 생각했던 남자를 홀리는 여자 캐릭터 커스터마이징의 핵심을 다 갖추고 있었다.

중요한 건 저 모습이 현실의 모습과 거의 똑같으리라는 것!

절로 호감이 생겼다.

어쩔 수 없는 남자의 본능!

그리고 부러웠다.

'돈이 썩어 넘치나 보네.'

비록 하란 성이라는 거대한 감옥에 갇혀 있지만, 이리저리 다니며 주워들은 정보는 많다.

'가죽 방어구를 낄 정도라면 적어도 20골드는 필요한데.'

가죽도 그냥 성 밖에 나다니는 토끼 가죽으로 만든 것 같지도 않다.

적어도 늑대.

그걸 상하의, 장갑에 머리까지 갖추었으니 100골드 이상을 썼다는 것이다.

여전히 1골드가 10만 원에 형성되어 있는 골드 시세가 절로 떠올랐다.

"……."

그녀를 바라보는 눈빛이 경멸로 바뀌었다.

'다이아몬드 수저!'

레벨 업 하기가 쉽지 않다고 한들, 고작 저레벨 때만 끼고 말 방어구에 천만 원이라는 돈을 초반에 쏟아붓다니!

강화소에 온 것도 다른 유저들처럼 심심하거나 호기심 때문이 아니리라.

"스승님, 손님 왔어요."

"손님? 오랜만에 손님다운 손님이군."

칸 역시 그걸 눈치챘는지 자리에서 일어났다.

"무기, 강화석, 돈."

"한 번에 50실버. 맞죠?"

연예인이 아닐까 싶을 정도로 예쁜 여자는 무표정한 얼굴로 이미 다 알고 왔다는 듯 제법 그럴듯한 장검 하나와 강화석 열 개, 그리고 5골드를 내밀었다.

한시민이 또 한 번 현실과 동떨어진 괴리감에 한 걸음 물러섰다.

그러곤 슬쩍 물었다.

"저기 혹시 강화 확률은 알고 오신 거죠?"

"1강 90%, 2강 85%, 3강 80%, 4강 75%, 5강 70%, 6강 60%, 7강 50%, 8강 40%, 9강 30%, 10강 20%, 11강 12%, 12강 1%, 13강 0.1%, 14강 0.01%, 15강 0.001%."

"……알고 왔네."

그걸 알고도 돈지랄을 하러 왔다 이거지?

5강까진 분명 확률이 높긴 하다.

다짜고짜 강화석 10개를 내민 것을 보니 어림잡아 8강쯤 생각하고 있는 것 같은데 사고 이후 강화와 가까워지고 강화에 대해 열심히 공부한 한시민으로서는 그저 고개가 저어질 수밖에 없었다.

'엄청 깨지겠네.'

확률이란 원래 그런 것이다.

70%, 60%.

이 숫자들이 오히려 20%, 10%와 같이 낮은 숫자보다 유저에게 더 비참함을 안겨준다.

될 듯 말 듯 하면서도 안 되는 그 억울함.

분노.

상실감.

성공할 확률은 높지만 높은 게 아니다.

많이 한다고 성공하는 것도 아니다. 운이 나쁘면 만 번 해서 다 실패할 수도 있다. 그럴 리는 없겠지만 확실한 배팅을 원한다면 엄청난 돈을 들일 수밖에 없다.

아니면 한시민처럼 특별한 능력을 가지고 있거나.

'쯧쯧.'

물론 알 바 아니다. 그의 돈이 아니니까.

장검을 받아 든 채 모루로 향하는 칸을 따랐다.

알 바는 아니지만 구경은 언제나 재밌다.

특히 게임에서 유저들이 가장 좋아하는 두 가지는 남의 아이템이 터지는 것과 캐릭터 삭제빵을 구경하는 것.

그 진귀한 장면을 구경할 기회가 왔는데 마다할 이유가 없다.

"첫 번째 강화 시작하겠네."

끄덕.

칸은 오랜만에 받는 손님을 위해서인지 아니면 그 역시 남자라서인지 평소 내지 않던 진중한 목소리를 내며 모루 위에 무기를 올려두고 망치를 두드렸다.

웅—!

옅은 빛이 망치에 담기며 무기에 스며들었다.

현실 같으면서도 동시에 게임적인 요소가 엿보이는 장면.

한시민은 긴장감 없이 봤다.

어차피 1강이다. 실패할 리 없다.

강화를 맡긴 여성 유저도 그렇게 생각하는지 여전히 무표정했다.

하지만.

팅—

"……?"

"……?"

마지막 망치질이 검이 아닌 모루를 때림과 동시에.

"허?"

칸의 허탈함이 들려왔다.

그것이 의미하는 바는 하나였다.

"실패했어요?"

"……."

"10%를?"

"……."

곱디고운 여자의 미간도 살짝 찌푸려졌다.

자존심이 상했는지 칸이 대답 않고 다시 망치를 두드렸다.

탕! 탕! 탕!

아까보다 거세진 느낌의 망치질은 몇 번을 반복하더니 이번엔 제대로 마무리를 지었다.

팟!

그러자 장검에서 은은한 빛이 한 번 발산됐다. 강화 성공을 알리는 이펙트.

하지만 고작 1강이기에 무기에 변화는 없었다. 그저 미약한 옵션 증가가 있을 뿐이리라.

"세 번째 강화 시작하겠소."

끄덕.

탕! 탕! 탕!

강화는 계속되었다.

주어진 강화석은 열 개였으니 당연했다.

운이 좋다면 한 번에 8강, 아니면 5강까지는 가야 정상이다.

"……."

하지만 강화가 끝났을 때 그 당연한 공식은 이루어지지 않았다.

"오늘 운이 좋지 않군."

4강.

열 개의 강화석으로 4강까지밖에 가지 못했다.

무려 여섯 번의 실패.

강화 성공 확률을 생각해 보면 말도 안 되는 일이지만 그렇다고 절대 불가능한 일도 아니다.

장검을 건네는 칸의 표정엔 미안함은 없었다. 그저 마음에 들지 않는 표정뿐.

운이 좋지 않은 건 유저가 감당해야 할 몫이다.

여자도 아는지 묵묵히 받았다.

그러곤 다시 내밀었다. 스무 개의 강화석, 10골드와 함께.

"……?"

"10강까지 부탁드립니다."

문득 한시민은, 대체 뭐 하는 여자일까 궁금해졌다.

하나 궁금해할 여유 따위가 없었다.

이어지는 칸의 말이 더 충격적이었으니까.

"……좋소. 대신 이번엔 내 제자 놈이 강화하겠소."

"엥?"

팝콘이나 뜯으며 구경하던 한시민이 자리를 박차고 일어났다.

5

칸은 자존심이 상했다.

수많은 강화를 통해 안 되는 날도 있음을 머리로는 이해하고 있지만 아무렇지 않을 리가 없다.

'고작 4강이라니…….'

무려 열 개의 강화석을 썼다.

다섯 개였다면 이해한다. 다섯 번 중 두 번의 실패야 충분히 일어날 수 있는 일이니까.

하지만 열 개다. 열 개 중 일곱 번의 실패는 성공 확률 30%라는 말로밖에 해석할 수가 없다.

90%, 85%, 80%의 성공 확률을 30%로밖에 보답하지 못하다니.

죄책감을 떠나 그래도 강화사 중에선 꽤나 실력이 있다 자부하는 칸으로서는 납득할 수 없는 일임이 틀림없다.

"이번엔 내 제자가 강화하겠소."

"……모험가가 아닙니까?"

"모험가가 맞소."

"그런데 어떻게?"

여자가 의문스러운 눈빛으로 한시민을 훑었다.

아무리 봐도 초보자임이 틀림없는 차림.

그런 유저가 강화를 한다?

판타스틱 월드를 열흘간 꾸준히 플레이했고 어느 정도 정보를 모은 뒤 강화라는 콘텐츠에 대해 알게 됐다면 이해할 수 없는 말이다.

칸이 말한 대로 강화사란 직업은 게임 내에서 아주 귀하니까.

"내 제자니 그 부분은 걱정하지 않아도 될 거요."

"알겠습니다."

여자는 순순히 고개를 끄덕였다.

어찌 됐든 강화만 성공하면 된다는 의미.

둘의 합의에 한시민이 끼어들었다.

"아니, 아저씨."

"왜."

"이게 갑자기 무슨 전개예요? 왜 내가 강화를 해요?"

강화야 할 수 있다.

오늘이 마침 열흘째 되는 날이고 약속대로 칸의 앞에서 10강까지 스트레이트로 강화를 성공시키며 확률을 찢어버리는 사기적인 능력을 마음껏 뽐내기로 한 순간이니까.

하지만 이런 식은 아니다.

"어차피 증명해야 하지 않는가."

"그렇긴 하죠."

"그렇다면 여기 모험가의 무기로 증명하겠다는데 문제 있나?"

"당연히 있죠."

있는 수준이 아니다.

아주 큰 문제다.

"뭐가 문제지?"

"여기서 말하기는 좀 그런데……."

한시민이 슬쩍 여자의 눈치를 봤다.

칸은 NPC지만 여자는 유저다.

공과 사는 구별해야 하는 법!

슬쩍 칸을 이끌고 모루 앞으로 이동했다.

"스승님이야 기브 앤 테이크로 강화하는 거 보여드리고 그 무기를 드릴 수 있지만 저 여자는 모험가잖아요. 제 비법은 고작 50실버 따위로 살 수 있는 게 아니라고요."

그러곤 진지하게 말했다.

그 어느 때보다 진지함이 묻어 있자 칸은 할 말을 잃었다.

"……진심으로 하는 말인가?"

"당연하죠."

칸 역시 열흘 동안 한시민과 함께 있으며 이것저것 물어봤었다.

대부분은 한시민이 내뱉은 말도 안 되는 말에 대한 것이었다.

100% 강화 성공.

신이 정한 규칙을 무시하는 것이나 다름없는데 그걸 해낸다고 하니 어이없으면서도 궁금할 수밖에 없었다.

궁금증을 해결하기 위해 많은 대화를 나눴고 칸이 내린 결론은 한번 지켜보자는 것이었다.

그의 입장에선 엄청난 결심.

수학자에게 기존의 공식을 완전히 뒤엎은 공식을 들이밀고 납득하라는 것이나 마찬가지인데 그걸 수용한 것이다.

만약 한시민이 다른 세상에서 온 이방인이 아니었다면, 대륙의 규칙 속에서 사는 이였다면 절대로 받아들이지 않았을 일.

"보고 싶어졌네. 보여주면 안 되겠나?"

방금 전의 강화로 인해 그 마음은 더 기울었다.

수십 년을 강화했음에도 이해할 수 없는 미지의 세계.

당연히 강화하면서 한 번쯤 생각해 보았던 꿈의 영역이다.

이제 막 모험을 시작한 초보 모험가의 허언증일 확률이 더 컸지만 칸은 자신의 사람 보는 눈을 믿어보기로 했다.

한편으로는 이토록 많은 강화를 했음에도 여전히 이렇게 운이 좋지 않은 날을 부여하는 신에 대한 원망과 반발도 자리하고 있었다.

그 복합적인 이유들로 한시민은 기회를 잡았다.

을에게 오는 흔치 않은 기회!

한시민은 백수지만 의외로 이런 잔머리와 눈치는 빠삭했다.

"뭐 그렇게 보고 싶으시다면 보여드릴 수는 있는데. 뭐 해 주실 건데요?"

"……?"

"아니, 그렇잖아요. 우리 거래는 스승님이 나한테 강화 스킬을 알려주고 내가 무조건 강화에 성공하는 나만의 소질을 보여주는 건데 갑자기 상관도 없는 모험가의 아이템을 강화하는 거라면 내가 손해 아니에요?"

"어차피 강화사가 된다면 그건 감수해야 하는……."

"제가 강화사가 되면 강화 비용을 적어도 세 배는 더 받고 강화할 건데도?"

말도 안 되는 억지지만 밀어붙였다.

어차피 한시민에게 여자 유저의 무기를 강화하지 않는 편이 훨씬 이득이다.

칸에게 10강까지 무조건 성공하는 모습을 보여주는 데엔 꼭 유저의 무기로 하지 않아도 되니까.

"왜 굳이 저 여자의 무기로 강화를 하라는 거예요? 설마 저 여자가 예뻐서……."

"크흠, 그런 거 아니다."

"맞는 거 같은데?"

"아니라니까!"

"아니면 아닌 거지 왜 화를 내고 그래요? 의심스럽게."

"……할 거냐 말 거냐. 사실 강화사로서 이런 일은 자존심이 상해 보상해 주고 싶은 마음이 있다."

본심을 들킨 칸이 서둘러 변명했다.

하지만 어영부영 넘어갈 한시민이 아니다.

"그랬다가 제 말이 구라였으면 어떻게 하려고요?"

"그렇다 해도 어차피 확률이니 크게 문제될 건 없겠지."

여자가 예뻐서 맞구만.

한시민이 한숨을 내쉬었다.

잠시 고민하다 이내 거절하기로 했다.

'누구 좋으라고.'

분명 예쁜 여자고 호감이 가긴 한다.

그 역시 잘 보이고 싶은 마음이 없는 건 아니다.

하나 그것과 별개로 상관없는 여자다.

4강 가는 데 무려 열 개의 강화석을 낭비한 건 불쌍하긴 하지만 그건 그의 잘못이 아니다.

10원 하나 그의 인생에 보태주지 않은 여자를 위해 재능을 기부하다니!

한시민의 사전엔 그런 말도 안 되는 논리는 없다.

"그래도 안 할……."

"정말 10강까지 성공한다면 강화 비용으로 받는 돈을 다 주겠다. 그리고 강화석 20개를 따로 주도록 하지."

"할 생각이었습니다, 스승님. 스승님의 무너진 자존심을 제가 회복시켜 드리겠습니다!"

없었지만 칸의 말에 새겨 넣었다.

거래가 성립되자 칸이 한시민의 머리에 손을 올렸다.

그리고 강화할 때처럼 마나를 끌어올렸다.

웅-!

"……?"

"강화 스킬 임시 부여."

['강화(F)' 스킬을 사용할 수 있습니다.]

[남은 시간: 2:59:59]

한시민에게 재능을 펼칠 날개가 생성됐다.

정설아는 심기가 불편했다.

그녀의 앞에서 숙덕거리는 초보자 유저와 NPC 때문이었다.

'예상보다 더 많이 드는데.'

혹시 모를 상황을 대비해 강화석을 더 많이 챙겨오긴 했지만 다 쓰리란 생각은 하지 않았다.

그런데 다 쓰게 생겼다.

아니, 어쩌면 다 쓰고도 계획했던 10강을 만들지 못할지도 모른다는 생각이 들었다.

'30%면…….'

바로바로 치고 올라가야 할 구간에서 이런 운이라니.

직접 강화하고 싶은 마음이 굴뚝같았지만 별수 없다.

판타스틱 월드에선 NPC와 대립해 봤자 손해를 보는 건 유저다.

꾹 참고 마음을 다스렸다.

돈이야 조금 더 든다고 해서 문제가 될 건 없다. 다만 계획이 어긋나는 것이 짜증 나고 추가적인 강화석을 구하는 데 드는 시간이 아까웠다. 제발 이번 강화에 끝낼 수 있길 바랐다.

"자, 강화 시작할게요."

그러다 대화가 끝났는지 제자라는 유저가 싱글벙글 웃으며 모루로 다가갔다.

이제 막 스킬을 배웠을 테니 추가적인 확률 보너스 같은 게 있을 리 없다. 별다른 기대는 않은 채 팔짱을 끼고 마련된 의자에 앉았다.

강화에서 기대는 곧 실망이다.

최악의 상황을 가정하고 두 눈을 감았다.

탕! 탕!

시원스럽게 망치를 두드리는 소리가 들려왔다.

팟!

눈을 감고 있음에도 망막을 뚫고 들어오는 희미한 빛이 결과를 알려준다.

'5강.'

70%의 확률이니 당연한 것이지만 방금 전의 일로 이마저도 감격스럽다.

그럼에도 기뻐하지 않았다.

이제 시작일 뿐이다.

6강부터는 새로운 강화의 시작.

실패 시 하락 확률 50%부터 시작하는 암의 서막.

여기부터가 진짜다.

"그럼 바로 들어갑니다."

아는지 모르는지 초보 강화사 유저는 곧바로 망치를 두드렸다.

탕! 탕! 탕!

팟!

성공!

좀 더 환한 빛이 강화소 내부를 밝혔다.

검의 옵션은 보다 향상되었을 것이다.

"7강 갈게요."

그녀를 향해 들으라는 듯 크게 외치고 다시 두드리는 망치질.

팟!

"8강 들어갑니다."

탕! 탕! 탕!

팟!

눈을 감았음에도 잠시나마 유저의 마음을 따뜻하게 만들어 주는 강렬한 빛이 파고들자 그제야 정설아가 눈을 떴다.

'8강? 한 번에?'

4강까지 가는 데 일곱 번이나 실패한 무기가 맞나?

혹여 다른 무기를 속여 강화한 것은 아니겠지?

고강화로 갈수록 강화 성공 시 터져 나오는 이펙트가 다르다는 걸 알면서도 의문이 들었다.

운이 좋아 성공했을 수도 있다. 의문보단 초보 강화사의 초심자의 행운 정도라 생각하고 고마워하는 편이 맞다.

하지만 정설아는 그런 감성적인 여자가 아니다.

'연속으로 성공할 확률이…….'

굳이 계산하지 않아도 낮다는 것쯤은 알 수 있다.

더 놀라운 건 그녀가 눈을 뜨고 시선을 모루로 향했을 때 벌어졌다.

"……?"

"아, 빌어먹을. 9강부터 이 지랄이네."

"뭐, 뭐 하는 건가?"

강화소 NPC도 당황했는지 망치질을 시작하려는 초보자 유저에게 물었다.

사전에 이야기된 일이 아니라는 뜻.

초보 강화사는 아무렇지 않은 듯 대꾸했다.

"이렇게 해야 강화가 더 잘돼서요."

"……."

"……."

바닥에 납작 엎드린 유저가 그대로 두 손으로 망치질을 시작했다.

그리고.

팟-!

빛이 또 한 번 터져 나왔다.

정설아는 어느새 자리에서 일어나 있었다.

강화소 NPC 역시 놀라운지 입을 벌렸다.

몸을 일으킨 유저가 그녀와 시선을 마주치더니 멋쩍게 웃었다.

"마지막 강화 들어갈게요."

'……마지막?'

마치 무조건 끝낼 것 같은 확신이 담긴 말.

미용실에서 커트한 뒤 머리를 감겠다는 말과 같은 자연스러움.

정설아가 저도 모르게 고개를 끄덕였다.

그런 그녀의 눈에 이번엔 누워서 발가락으로 망치를 쥔 채 무기를 두드리는 강화사의 모습이 들어왔다.

의식치곤 정신병자가 아닐까 의심이 드는 수준이었지만, 이미 강화는 시작되었고.

팟!

짙은 순백의 빛이 터져 나오는 순간 정설아는 강화사의 그 모습마저 숭고해 보이는 마법에 걸렸다.

"……."

여섯 개.

4강에서 10강까지 들어간 강화석의 개수.

은은한 순백의 빛이 오라처럼 흘러나오는 검을 가지고 오는 남자를 정설아가 뚫어져라 쳐다보았다.

6

"여기요."

"……고마워요."

당당한 어깨.

은은한 미소.

자신감 넘치는 손!

상남자의 표본을 갖춘 한시민이 +10강이 된 장검과 남은 열네 개의 강화석, 그리고 일곱 개의 금화를 멍하니 그를 보고 있는 정설아에게 내밀었다.

'아씨, 아까워.'

속으로야 아까워 눈물이 날 지경이지만 어쩌겠는가. 돌이킬 수 없으니 그럴듯한 인상이라도 주어야지.

마음 같아선 실패에 실패를 거듭하며 10골드 전부 먹고 싶었지만 그러면 칸과의 퀘스트를 완료할 수 없다.

버릴 건 깔끔하게 버려야 하는 법!

"어떻게……."

"운이 참 좋으시네요. 이럴 줄 알았으면 내 아이템을 먼저 강화하는 건데."

"……그러게요. 감사합니다."

그리고 의심이 가득한 말을 끊고 우연을 가장한다.

어디까지나 운일 뿐이다.

완전히 떨쳐 버릴 순 없겠지만 한시민의 연기로 정설아는 더 이상 의심을 입 밖으로 내뱉지 못하게 되었다.

신이라는 존재를 믿는 칸과 달리 유저인 정설아는 충분히 게임이라는 특성을 이용해 벌어진 일이라 생각할 수도 있다.

하지만 한시민의 능력은 그런 게임과 관련이 없으며 다른 유저들에게 알려져 봐야 좋을 게 하나도 없다. 해서 그녀의 무기 강화를 꺼렸던 것.

하지만 단 한 번이고, 동시에 괜찮은 보상이 있어 위험을 무릅쓰고 수락한 것이다.

상식적으로 말도 안 되는 일이니까.

이제 막 강화 스킬을 배웠을 초보자 유저가 확률의 특혜를 받는다?

아니, 한시민 자체가 강화 시 특별한 보정을 받는다는 게 알려진다면?

'알려지면 아마 너프하라고 난리가 나겠지.'

당장 한시민만 해도 4강 가는 데 일곱 번이나 실패한 정설아를 보며 재미있어 하지 않았던가.

인간이란 그렇다. 남이 잘되는 꼴을 못 본다.

최악의 경우 한시민의 부자가 되고자 하는 꿈은 그날로 물거품이 될 것이다.

계정이 정지될 테고 다시 온라인 게임이나 전전하며, 온몸에 멍을 만들어 가며 먹고살 궁리를 하겠지.

'안 돼!'

그것만은 안 된다.

어떻게 잡은 기회인데!

"그럼 살펴 가세요."

"……예."

이대로 정설아를 보내는 것이 아쉽긴 했지만 그보단 돈을 생각하기로 했다.

정설아도 그녀가 느끼는 찝찝함에 대해 고민은 하면서도 역시 크게 의심할 만한 일은 아니기에 걸음을 돌렸다.

어찌 됐든 그녀는 목적을 달성했다. 게다가 전체적으로 본다면 들어간 강화석의 개수는 계획했던 것과 다르지 않다.

'그래도…….'

그럼에도 그녀의 발걸음이 다시 한시민에게 향했다.

"……?"

"정설아입니다. 친추 가능할까요?"

"예?"

['정설아' 님께서 친구 신청을 했습니다.]

"소수 정예 팀을 꾸려 게임하고 있는데 그쪽을 영입하고 싶어요."

"……."

그녀는 직설적이었다.

불쾌할 법도 하건만 그녀의 외모와 무표정에서 나오는 분위기는 오히려 그게 더 어울릴 정도로 조화로워 저도 모르게 고개를 끄덕였다.

아니, 오히려 이런 미인의 관심은 남자에게 설렘을 가져다준다.

"아, 네."

친구 신청을 받았다. 꺼림칙했지만 거절할 이유는 없었다. 의심할지 모른다는 생각은 지나친 망상일 뿐이다. 운이 좋으면 10강 정도는 스트레이트로 갈 수도 있다. 살짝 틈을 보이긴 했지만 그는 자신이 나름 연기를 잘했다고 생각한다.

그런 상황에서 미녀인 데다가 엄청난 부자인 정설아의 손을 잡지 않을 이유가 없는 것.

"팀은 당장 좀 그런데……."

"그건 나중에 생각이 있으시면 대화 주세요. 그럼."

"네, 들어가세요."

아무리 미인이지만 처음 보는 사람과 함께 행동하는 건 내키지 않았다. 한시민은 여타 유저들과 게임을 하는 목적이 다르기도 하고.

해서 거절했지만 정설아는 개의치 않는다는 듯 강화소를 나섰다.

가죽 방어구와 함께 10강 이펙트를 은은히 흘리며 나서는 그녀의 모습은 입이 절로 벌어질 정도로 아름다웠다.

하지만 한시민은 아름다움에 취해 현실을 잊지 않았다.

"봤죠?"

"어떻게 한 건가?"

퀘스트!

거래!

미녀를 감상하는 것보다 중요한 것들이 남아 있었다.

칸이 넋 나간 표정으로 물어왔다.

우연일 수도 있다.

정설아는 그렇게 생각했다.

하나 칸은 아니다.

애초에 한시민이 호언장담하고 강화에 들어갔다.

내가 1%의 확률을 성공시키겠습니다!

라고 외치고 진짜 성공시킬 수 있는 사람이 어디 있을까.

인생을 건 허언이라 해도 진짜 성공했다면 인정해 줘야 한다.

"그냥 태어날 때부터 느껴졌어요."

"……."

"이때 강화하면 되겠구나 싶은 느낌? 이 정도면 소질 아니에요?"

"세상에 그런 소질이 있다니."

"거기에 저만의 노하우 같은 것도 개발했고요."

"이상한 자세들 말인가?"

"네, 왠지 그런 자세들을 하면 더 잘되는 것 같더라고요."

그렇게 하지 않으면 확률이 오르지 않는다.

그래서 하는 것일 뿐, 아니었다면 정신병자 같은 짓은 절대 하지 않았을 것이다.

"……약속대로 강화 기술을 전수해 주지."

속마음을 알 리 없는 칸은 허탈해하며 한시민의 머리에 손을 올렸다.

[퀘스트를 완료했습니다.]

['강화(F)'를 습득했습니다.]

[강화(F): Active]

* 내용: 온 정신을 집중해 대상을 강화한다. 칸 가문의 비전 기술로 강화 실패 시 일정량의 마나를 소모한다. 성공 시 마나 소모 없음.

뿌듯함이 절로 벅차오른다.

이 스킬 하나를 얻기 위해 무려 열흘이라는 시간을 땅바닥에 내던졌단 말인가!

직업의 희귀도를 본다면 열흘은 물론 몇 달을 보내도 아깝지 않을 정도긴 하지만 그가 느끼기엔 충분히 힘겨운 역경이었다.

"돈 주세요. 강화석하고."

"여기 있네."

칸은 순순히 스무 개의 강화석과 정설아에게서 받은 8골드를 내주었다.

"감사합니다, 스승님."

절로 허리가 숙여졌다. 당연히 받아야 할 보상이지만 손에 들린 무게에 겸손해질 수밖에 없었다.

현금으로 치면 무려 280만 원!

'팔까?'

순간 혹했지만 고개를 저었다.

이제 시작일 뿐이다.

이미 2,400만 원짜리 아이템도 팔아본 경험이 있지 않은가.

더 많은 돈을 벌기 위해 그 돈을 투자했고 기반이 마련됐다.

의욕이 솟구쳤다.

"스승님, 모루 좀 써도 되죠?"

"마음대로 해라."

"오예, 감사합니다."

"그리고 어찌 됐든 우리 가문의 기술을 전수받았으니 오늘부터 넌 우리 가문의 일원이다."

"예예."

[칭호 '칸 가문의 강화사'를 얻었습니다.]

[칸 가문의 강화사]

* 등급: Unique

* 내용: 세상에 몇 없는 강화사 가문의 강화사로 인정받은 자.

* 혜택: 모든 스탯+5

"오오!"

강화사든 뭐든 강화 스킬만 빼앗아 가지 않으면 상관없기에 대충 고개를 끄덕였는데 생각했던 것보다 옵션이 좋다.

열흘이나 지났음에도 레벨 랭킹 1등이 13인 것을 생각해 보면 스탯의 중요성은 감히 말로 표현할 수 없을 정도.

'1레벨에 스탯 포인트 다섯 개니까…….'

현재 한시민이 가지고 있는 스탯이 다섯 개니 5레벨을 올린 효과와 같은 칭호를 누릴 수 있는 셈!

"사랑합니다, 스승님."

"……."

칸은 고개를 저었다.

그의 철석같던 믿음이 깨졌다.

여전히 믿기지 않았지만, 눈으로 보았고 한시민은 또다시 강화하려는 것 같으니 계속해서 보게 될 것이다.

그렇게 된다면 남아 있던 믿음도 마저 깨져 나가겠지.

수십 년의 행보가 물거품이 되는 기분이었다. 동시에 어떻게 그런 게 가능한지 파헤치고 싶은 마음도 굴뚝같았다. 하지만 불가능하다는 걸 한시민의 말에서 느꼈다. 그냥 느껴진다는데 어쩌겠는가.

'천재인가, 아니면 신이 내린 강화사라는 건가.'

이런 식으로 이해할 수밖에 없다.

피식.

어떤 결과든 문득 칸은 웃음이 났다.

'괜찮군, 이것도.'

오랜 시간 강화하며 느껴온 벽이 있었다. 오늘도 느꼈고.

그런데 그 벽을 깬 애송이를 만난 것이 아닌가.

대륙의 강화사들에겐 전설이나 다름없는 15강을 이룰 재목

이 그의 기술을 전수받았다. 그렇게 생각하니 가슴이 벅차올랐다.

어쩌면 옆에서 보는 것도 가능하지 않을까?

그렇다면 깨진 신념도 위로받을 수도 있을 것만 같았다.

“아저씨! 저 가서 강화할 무기 좀 구해올게요!”

“…….”

싸가지 없는 제자에 대한 신뢰가 그리 생기지는 않았지만.

한시민은 곧바로 본성으로 향했다.

열흘간 생각해 본 결과 첫 번째 강화 아이템으로 정한 것이 바로 초보자용 단검.

베타고가 유저들을 위해 안배해 둔 유일한 시스템적 보상이라 불리는 아이템이다.

공격력은 그리 높지 않지만 진입 장벽이 높은 것을 감안해 유저들이 탈주하지 않도록 단검에 내구도 무한 옵션과 파괴 불가 옵션이 달려 있다.

거기에 모든 스탯을 5씩 올려주기까지 하니 강화하는 데엔 저레벨 구간에선 웬만한 무기들보다 낫다.

“초보자 지원을 받고 싶습니다.”

“성 밖의 토끼 두 마리를 잡아오게.”

"네."

['초보자 지원'을 수락했습니다.]

열흘이 지났음에도 하란 성 초보자 수는 줄기는커녕 대폭 늘어 한참을 기다렸다 퀘스트를 받았다.

게임 4일 차에 만난 유저가 한 말대로, 토끼를 잡아오라는 본성 NPC의 퀘스트를 받아 곧바로 성문으로 향했다.

토끼를 잡을 무기는 없지만, 그보단 이제 감옥에서 탈출할 수 있다는 행복이 더 컸다. 토끼라는 단어에 긴장감 따위를 느낄 만큼 게임 초보도 아니었고.

'그래 봤자 토끼지.'

틈틈이 로그아웃하며 커뮤니티에 가입해 공짜로 떠도는 정보들을 살펴본 바에 의하면 판타스틱 월드 몬스터들의 인공지능은 대체로 높았다. 하지만 결국 초보자의 성장을 돕는 몬스터다.

수많은 유저가 플레이하기 때문에 그만큼 몬스터 상대에 어려움을 느끼는 글이 많을 수밖에 없는 것!

가상현실이라는, 직접 몸을 써야 하는 게임이 처음이기에 발생한 현상일 수도 있다.

자신감!

그에겐 자신감이 있었다.

"토끼 정도는 혼자 잡아야지."

공략팁에서 추천하길 네 명 정도 파티를 맺고 잡으면 그나마 전투가 편하다고 한다.

한시민은 그게 토끼가 도망치기 때문이라고 생각했다.

"난 6레벨 스탯쯤 되니까 괜찮아."

자신감 넘치는 걸음이 성 밖을 나서고 넓게 펼쳐진 평야를 가로질렀다.

워낙 규모가 큰 성이라 근처에선 토끼를 발견하기 쉽지 않았고 토끼가 나올 만한 장소에 도착해도 유저가 많아 사냥감을 찾기 어려웠다

그러한 풍경을 지나치며 대부분 수월하게 사냥을 하는 모습에 더 안심되었다.

그러다 나무가 울창한 숲이 보일 때쯤.

여유롭게 초원을 거니는 토끼 한 마리를 발견했다.

"오!"

유저들이 바글거리는 게임의 단점 중 하나.

사냥할 몬스터보다 유저가 많다는 것.

30분이나 걸으며 단 한 마리의 토끼도 못 잡아 지친 한시민이 곧바로 토끼를 향해 뛰었다.

무언가를 죽인다는 것에 거부감은 없었다.

어차피 게임이다. 게임이라는 걸 잊지 않게 피 역시 반영하지 않았다니 더더욱 거리낄 게 없다.

"일로 와, 귀염둥아!"

싱긋 웃으며 눈이 마주치자마자 말을 걸었다.

토끼 역시 한시민의 마음을 읽었는지 깡충깡충 뛰어왔다. 토실토실한 게 귀엽기 그지없다.

"내 경험치와 단검이 되어라!"

한때 운동을 했던 한시민의 주먹이 매섭게 허공을 갈랐다.

퍽!

둔탁한 소리와 함께.

"억!"

토끼에게 복부를 맞은 한시민이 뒤로 엎어졌다.

7

본성 내부.

여전히 줄을 서서 기다리는 수많은 유저의 시선이 한곳으로 향했다.

"헉, 헉."

퀘스트 받는 NPC가 아닌 완료를 증명하기 위한 줄로 터덜터덜 걸어가는 유저.

'웬 거지가…….'

'생긴 건 멀쩡해 가지고.'

'어디서 구르다 왔나?'

'눈은 왜 저래 부었지?'

'쯧쯧, 어디서 맞았나 보다.'

찢거나 파괴할 수 없는 허름한 천 옷은 흙이 범벅이고 반팔과 반바지 외에 드러난 살들엔 어디서 두드려 맞았는지 시퍼런 멍 자국이 가득하다.

그 멍들은 얼굴에서 정점을 찍었고.

"쯧쯧."

혀 차는 소리가 절로 들려왔다.

치료소에 가거나 포션을 마시면 쉽게 해결될 문제지만 상거지 꼴의 한시민은 그런 쓸데없는 곳에 돈 쓸 마음 따윈 조금도 없었다.

"여, 여기 토끼의 증표."

"……고생했네."

퀘스트를 담당하는 NPC가 불쌍한 눈빛으로 그를 훑으며 단검 하나와 깔끔한 천으로 만든 티셔츠, 바지를 내밀었다.

"감사합니다."

울컥하는 감정을 추스르며 한시민이 자리를 떴다. 감격도 감격이지만 수많은 시선에 쪽팔려 오래 있을 수가 없었다.

'하아.'

빌어먹을 토끼.

명성에 걸맞게 약아빠졌고 자신보다 약한 적을 알아볼 만큼 똑똑하기까지 했다.

말 그대로 초보자들이 게임에 적응할 수 있도록 만든 기초 몬스터가 아니었다면, 칸 가문의 강화사라는 타이틀로 스탯이 오르지 않았다면 토끼한테 맞아 죽은 유저 중 한 명이 될 뻔했다.

물론 이런 일로 자존심에 금이 가거나 겸손해지진 않았다.

“나쁜 놈들, 두고 보자.”

어디까지나 방심했고 레벨도 낮은 데다가 아이템도 구리기 때문이다!

그리고 게임은 아이템빨이기에 좌절할 필요가 없다.

자기 합리화 하나는 세계 최강인 한시민이 금세 자신감을 되찾고 강화소로 향했다.

쾅!

“뭐냐, 그 거지 같은 꼬락서니는.”

거칠게 강화소 문을 열고 들어가자 또 한 번 혀를 차는 소리가 들려왔다.

가볍게 무시한 뒤 흙투성이가 된 옷을 벗어 던지고 보상으로 받은 옷을 입었다.

방어력은 기대하기 힘들지만 초보자 시절을 팬티 바람으로 돌아다니지 않게 해주는 좋은 아이템.

몬스터에게 맞아 죽기 싫으면 금세 갈아입어야겠지만 어쨌든 한시민에게 중요한 건 초보자용 상하의가 아니라 단검이다.

“한 번에 간다.”

어느 때보다 열정이 불타올랐다.

아직도 토끼 놈들한테 얻어터진 온몸이 욱신거린다.

하루 빨리 아이템을 강화해 토끼들을 농락하며 고통스러운 죽음을 선사하고 싶다.

그 의지는 고스란히 모루 위에 올린 날카로운 단검에 전해졌다.

"아이템 정보."

[초보자용 하급 단검]

* 등급: Normal

* 착용 레벨: 1

* 공격력: 10

* 옵션 1: 모든 스탯+5

* 옵션 2: 파괴 불가, 내구도 무한

별 볼 일 없는 단검이다. 하지만 한시민의 눈에는 그 어떤 아이템보다 빛나 보였다.

'원래 게임사에서 주는 이런 아이템이 사기인 법이지.'

절대 다른 무기의 구입을 위해 쓸 돈이 아까워서 그러는 게 아니다. 가진 8골드는 아껴뒀다 꼭 필요한 데 쓸 예정이다.

게다가 지금 무기를 강화하는 이유는 팔기 위함이 아니라 쓰기 위함!

'우선 이걸 15강 해서 뒤처진 레벨을 따라잡고 고렙 존으로 가야 해.'

며칠 동안 게임을 플레이하며 생각한 계획이다. 당장 무기를 사서 강화해 파는 방법도 나쁘지 않지만 효율이 떨어진다.

레벨 올리기가 아무리 힘들다 한들 10레벨짜리 고강화 무기를 수백만 원에 살 사람이 게임 내에 몇 명이나 되겠는가.

"그 미친 여자 말곤 없을 거야."

하물며 정설아도 직접 강화를 했다.

들어간 비용은 20여 골드가량.

바가지 쓰고 비싸게 구입하는 것보다 싸게 먹힐 구간이라는 뜻이다.

해서 레벨을 올려야 한다.

게임 내에서 이 아이템을 가지고 있으면 그래도 게임 좀 하는 사람이구나 싶은 강력한 아이템이 나오는 레벨에 도달했을 때야말로 강화가 진정 빛을 발하는 시기라고 말할 수 있다.

애초에 강화 콘텐츠가 고레벨, 파밍을 끝낸 유저들을 위해 만들어져 있기도 하고.

'길게 보자, 시민아.'

한탕 치고 접을 생각은 없다. 사고로 죽지 않고 살아남은 한 시민에게 인생을 활짝 펴게 만들어줄 능력이 찾아왔는데 어찌 내던져 버리겠나.

탕! 탕!

미래에 대한 희망이 건방진 토끼들에 대한 분노 위에 덮였다.
여러 감정이 섞인 망치질이 강화소 내부를 울렸다.
팟!
"으하하하! 부자가 될 테다!"
빛과 함께 한시민이 미친놈처럼 웃어댔다.
"쯧쯧."
그 모습을 보며 칸이 혀를 찼다.

[+10 초보자용 하급 단검]

* 등급: Normal
* 공격력: 10(+10)
* 옵션 1: 모든 스탯+5(+5)
* 옵션 2: 파괴 불가, 내구도 무한

"후후후."
10강까지는 무난했다.
투자된 강화석을 생각해 보면 그냥 단검 두 개 들고 다니는 게 훨씬 싸게 먹히지 않을까 한숨이 절로 나왔지만 후회하지는 않았다.
토끼조차 쉽게 잡지 못하는 게임의 둔재가 먼저 치고 나가는 유저들을 잡으려면 결국 투자하는 수밖에 없지 않겠는가!

'투자야, 투자.'

언젠가 다시 회수할 수 있다.

유저들을 등쳐 먹을 방법들도 생각날 때마다 기록 중이기도 하고.

"또 10강이냐."

"10강 정도는 껌이죠."

"괴물 같은 놈."

옆에서 보던 칸이 질린 듯 고개를 돌렸다.

두 번째로 보지만 볼 때마다 존재 가치를 부정받는 느낌이랄까.

누구는 열심히 공부해서 수능 치는데 한시민은 답을 외워서 써내려 가는 격이다.

"11강도 뭐 12%니까."

꽤 힘들어 보이는 요가 자세를 취한 한시민이 다시 망치를 두드렸다.

가랑이가 찢어질 것 같은 고통이 몰려왔지만 이를 악물었다.

그깟 가랑이! 쓸데도 없는데 참을 수 있다!

망치질에 눈물이 섞였다.

탕! 탕! 탕!

11강.

본인 입으로는 15강까지도 문제없다고 했지만 아직 칸에게 보여주지 못한 경지.

칸 본인조차도 일생을 강화하며 11강을 달성한 무기는 100개가 채 되지 않는다. 확률이 12%니 실패한 개수는 그보다 열 배는 많다는 뜻. 실패해도 이상할 게 전혀 없다.

팟!

하지만 그의 생각을 비웃듯 한시민은 강화를 성공시켰다.

지금까지 터져 나오던 순백의 빛과는 다른, 옅은 푸른빛이 터져 나왔다.

"와, 이펙트 바뀌네. 베타고 이거 완전 유저들의 심리까지 꿰뚫고 있잖아?"

"……."

칸이 눈물을 훔치든 말든 한시민은 바뀐 이펙트에 모루에서 단검을 꺼내 쥐었다.

"스승님, 이거 멋지죠?"

"……."

반응이 없어도 꿋꿋이 단검에서 흘러넘칠 듯 삐져나오는 푸른빛을 감상한다.

유저의 결제를 부추기기 위해 넣어둔 수많은 온라인 게임의 이펙트를 보아왔지만, 단언컨대 현재 한시민이 쥐고 있는 단검의 빛만큼 아름다웠던 것은 없었다.

이건 확신이다.

또 하나의 현실, 그리고 직접 사용한다는 이점이 주는 매력.

"15강 간다."

단검이 던져지듯 모루 위로 향했고, 한시민이 곧바로 자리를 잡았다.

12강.

성공 확률 1%.

하락 확률 90%에 파괴 확률이 무려 50%다.

정상적인 인간이라면 절대 시도하지 않을 구간.

대체 15강을 하라는 건지 아니면 그냥 11강 정도로만 강화해서 쓰라는 건지 베타고의 의도가 궁금해지는 순간.

한시민은 그대로 엎드려 하늘을 향해 경배하기 시작했다.

"신이시여, 부디 미천한 저의 의지를 받들어 강화에 성공하게 해주시옵소서!"

강화 구간이 높아질수록, 성공 확률이 낮아질수록, 그리고 실패 시 감당해야 할 페널티가 늘어날수록 강화 성공을 위해 필요한 의식들이 늘어난다.

매시간, 강화하는 장소, 아이템, 등등에 따라 그것들은 달라지고 느낌이 오는 대로 망설임 없이 행해야만 한다.

처음에야 쪽팔리고 아무도 없음에도 한숨을 푹푹 내쉬다 때를 놓치곤 했지만 그게 다 돈을 벌기 위함임을 인지하고 난 다음엔 누가 보든 말든 의식을 치르는 데 거침이 없어졌다.

쪽팔림은 잠시고 강화된 아이템은 영원하니까!

"후우."

한참을 경배 올린 뒤 일어난 한시민이 망치를 쥐었다.
꿀꺽.
망치를 쥔 표정은 긴장이 역력했다.
두 눈을 살포시 감은 그가 조심스럽게, 그리고 부드럽게 망치를 내려치기 시작했다.
탕! 탕탕! 탕! 탕탕!
강! 약약! 중간! 약약!
리듬을 타는 망치질은 어울리지 않게 부드러웠다.
하다하다 별꼴을 다 보는 칸이 어이가 없어 한마디 하려던 찰나.
파앗-!
다시없을 농밀한 푸른빛이 세상을 뒤덮었으며.

['시민' 님께서 '+12 초보자용 하급 단검' 강화에 성공했습니다!]

판타스틱 월드 내부의 모든 유저에게 공지가 떴다.
"음……."
한시민 역시 그거까진 예측하지 못했기에 잠시 넋을 놓았다.
"미친!"
그러곤 욕설을 내뱉었다.
그만큼 당황했다.

이게 혼자만 보는 홀로그램이 아닌 것쯤은 고글사에서 공개한 정보들만 정독해도 알 수 있다.

서버 공지!

그의 행운이 하늘을 꿰뚫었다는 게 세상에 알려진다는 의미!

"……하아."

노발대발 화를 낼 정도는 아니다.

어차피 겪어야 할 과정이니까.

[칭호 '최초의 열두 개의 별!'을 획득했습니다.]

[최초의 열두 개의 별!]

* 등급: Unique
* 내용: 도전하라! 성취하라! 그렇게 얻어낸 그대에게 주는 행운의 징표!
* 혜택: 행운+40

게다가 혜택도 꽤 놀라웠다.

어쨌든 다른 유저들에게 무조건 강화 성공이라는 말도 안 되는 능력만 들키지 않으면 된다.

그게 한시민이 대리 강화는 염두에 두지 않고 강화한 아이템만 팔려는 의도이기도 하고.

다만 귀찮은 일이 벌어지지 않을까 걱정이 될 뿐이었다.

띠링!

['정설아' 님께서 1:1 대화를 신청했습니다.]

이렇게.

"……."

친구 신청도 받았고 아리따운 여자가 먼저 대화를 요청하는데 마다할 이유가 없음에도 왠지 모르게 손이 가지 않는다.

'뭐 별일 있겠어.'

그러다 이내 정설아가 돈이 아주 많은 고객님이라는 사실을 상기하고 수락 버튼을 눌렀다.

"여보세요?"

—안녕하세요. 잘 지내셨어요?

홀로그램이 사라지고 머릿속에 전화하는 것처럼 그녀의 곱고 청아한 목소리가 들려왔다.

나긋나긋하기까지 해 미소가 절로 지어지는 그런 목소리.

얼굴만 예쁜 게 아니라 목소리까지 아름답다니!

"네, 안녕하세요. 저야 잘 지내고 있죠."

헤어진 지 고작 몇 시간밖에 되지 않았음에도 저도 모르게 이런 말을 내뱉고 말았다.

그도 어쩔 수 없는 스물다섯의 건장한 남성!

—다름이 아니라…….

원하는 게 있음이 빤히 보이면서도 들을 수밖에 없다.

15강 아이템을 만들어 달라는 말도 안 되는 부탁만 아니면 대리 강화 비용 정도는 조금 깎아줄 생각이 먼저 들었다.

어쩌면 데이트를 신청할지도 모른다는 김칫국도 몰래 한 사발 들이켰다.

그런 한시민의 순수한 마음을 방해하는 방해꾼이 나타났다.

[실현될 수 없는 확률입니다.]

[자체 밸런스 조절 필요.]

[분석할 수 없는 현상입니다.]

[차선책을 적용합니다.]

띠링-!

['전설의 레전드 강화사'로 전직했습니다!]

['절대 강화(SS)'를 습득했습니다.]

[레전더리 직업군 페널티(필요 경험치 +200%)가 적용됐습니다.]

[보상 (보조 직업 슬롯)을 획득했습니다.]

"뭐?"

헤벌쭉하던 한시민의 표정이 굳었다.

Episode 2.

강화는 명당이다

1

"뭐, 뭐야 이거."

—예?

정설아에게 신경 쓸 여력이 없었다.

귀를 간질이는 목소리에 넋 놓고 있을 때가 아니었으니까.

"잠시만요. 조금만 있다가 대화 걸게요."

—……시민 님?

일방적인 통보와 함께 대화를 끊고 홀로그램을 확인했다.

실현될 수 없는 확률이라는 내용과 결코 듣고 싶지 않았던 밸런스라는 단어까지.

그 뒤에 얻게 된 직업과 보상은 하나도 눈에 차지 않았다.

뭐든 상관없었으니까.

"서, 설마."

너프되는 순간, 혹은 능력에 문제라도 생기는 순간 판타스틱 월드에서의 인생은 끝이다.

유저들에게만 들키지 않으면 된다고 생각했는데!

'베타고 미쳤다. 인공지능이 이 정도야?'

신음이 절로 삼켜졌다.

어찌 보면 예상하지 못한 게 이상할 정도다.

고정관념이랄까.

이미 인간을 연산에서 이기고, 여러 분야에서 활약하고 있는 인공지능임을 알면서도 평소 게임을 통해 접해온 AI를 먼저 떠올리고 신경 쓰지 않았다.

'아, 대충 실패 좀 몇 번 할걸.'

해서 나온 실수다.

인공지능 베타고가 한시민의 능력을 감지할 수 있을 리 없다. 현실에서의 영적 능력이고 본인조차 이런 게 왜 느껴지나 이해하지 못하고 있으니까.

강화하며 이상한 자세를 취하는 것도 여러 정보를 수집한 인공지능이라면 유저들의 민간적인 부적이라 판단할 것이고.

하지만 결과물은 다르다.

충분히 벌어질 수 있는 확률을 아득히 벗어났다.

첫 강화부터 10강까지.

그리고 그다음 강화 역시 한 번에 10강을 넘어 12강까지 성공.
연속으로 성공할 경우의 수를 따져 보면 15강 성공 확률보다 훨씬 낮아진다.
그걸 한시민이 성공해 버린 것.
인공지능이 이런 조치를 취하는 게 이상한 일은 아니다. 베타고는 판타스틱 월드의 창시자이자 운영자니까.
게임의 밸런스를 심히 훼손하는 행위를 했다고 판단했겠지.
마음만 먹으면 조건이 어찌 됐든 15강 아이템을 무한으로 찍어내게 될 테고 그렇게 된다면 오픈하자마자 망겜 소리를 들으며 서버를 닫아야 하는 사태가 벌어질지도 모른다는 결과까지 나왔겠지.
"후."
문제는 이다음이다.
이미 벌어진 일을 수습할 순 없다. 일개 유저인 한시민에겐 할 능력도 없고.
그저 계정이 삭제되지 않은 것만으로도 감사하게 여겨야 할지도 모른다. 카지노에서 카드를 읽는 자들은 개개인의 능력이지만, 카지노 입장에선 납득할 수 없는 논리와 같달까.
"제발……."
캐릭터 정보를 확인하는 게 두렵다. 레전더리 직업이고 뭐고 당장 한시민의 능력을 눈치채고 무언가 제약을 걸었다는 게 압박으로 다가왔다.

그게 무엇이든 아무런 조건 없이 강화를 성공하던 때와 달라진다는 건 변하지 않으리라.

"캐릭터 정보."

조심스럽게 홀로그램을 소환했다.

그나마 안도할 부분이라면 베타고가 분석 불가에 차선책을 택했다는 정도?

[캐릭터 정보]

* 이름: 시민
* 직업: 전설의 레전드 강화사
* 보조 직업: X
* 칭호: 2개
* 레벨: 2(필요 경험치+200%)
* 스탯(5): 힘(10+15) 민첩(10+15) 체력(10+15) 행운(50+15) 마력(10+15)
* 스킬: 강화(F), 절대 강화(SS)

망설임 없이 스킬부터 확인했다.

[절대 강화(SS): Passive]

* 내용: 전설 속에 실존한 강화사만의 특별한 감. 강화 확률을 높이기 위한 방법을 느낀다.

"응?"

순간 긴장이 풀렸다.

다른 건 다 제쳐 두고 스킬 하나만 확인했음에도 안도의 한숨이 절로 나왔다.

크게 달라진 게 없다. 마나 소모도 없고 추상적이던 한시민의 능력이 게임 내에서 스킬이라는 이름으로 구체화되었을 뿐이다.

'이건 너프가 아니잖아?'

너프는커녕 베타고를 한번 안아 뽀뽀라도 해주고 싶은 마음이 솟구친다.

그제야 레전더리 직업에 눈이 갔다.

"아예 대놓고 쓰라고 권장해 주는 거?"

다른 유저들이 알게 된다면 너프하라고 아우성치리라는 건 변하지 않는다.

다만 할 말이 생긴다.

"대박인데?"

몰래 일으키는 전쟁과 명분 있는 전쟁은 차원이 다르다.

한시민이 곧바로 단검을 모루 위에 올렸다.

"바로 간다."

무슨 이유인지는 몰라도 베타고가 이런 혜택을 주었다면 의심하지 않고 넙죽 받아먹는 게 인지상정!

언제 죽을지 모르는 사람 인생, 의심하고 고민해 봐야 뭐하겠는가.

몇 가지 확인하지 않은 중요한 홀로그램이 있는 것 같다는 느낌이 들었지만 깔끔하게 무시했다.

지금은 그보다 15강을 가는 게 우선이다.

'바로 하나 가고 좀 자제해야지.'

어차피 레벨을 올리는 게 목적이니까.

"후우."

심호흡하고 두 눈을 감는다.

그리고 느낀다.

'성공한다. 성공한다.'

이러면 느껴진다. 사고 이후 생긴 초능력은 단 한 번도 배신한 적이 없다.

"……응?"

하지만 그 처음이 지금 일어났다.

"……."

잘못된 건가 눈을 떴다가 다시 집중해 보는 멍청한 짓은 하지 않았다.

증거는 충분히 주어졌다. 그리고 당장 느껴지지 않을 뿐 그의 감각은 여전했다.

다만.

"……미친."

그 감각은 평소처럼 한시민에게 특정한 자세와 시간을 요구하지 않았다.

장소!

느낌을 따라 가라!

감은 그렇게 말하고 있었다.

"재밌네."

단검을 모루에서 꺼낸 한시민이 웃었다.

이런 식이라 이거지?

대충 그림이 그려졌다.

분석할 수 없는 능력, 가늠할 수 없는 영향력.

그렇다고 이상하다는 이유만으로 돈을 낸 유저의 계정을 함부로 제재할 수도 없다. 결국 그 능력을 일정 부분 통제할 수 있는 쪽으로 유도한 것.

"달라질 건 없지. 후후."

어차피 게임을 플레이하다 보면 레벨이 오르고, 만렙이 되면 그가 가지 못할 장소는 없다.

난이도가 조금 올랐지만 오히려 불안해하지 않고 강화할 수 있다면 충분히 감수할 수 있다.

"레벨이야 레전더리 직업에 적당히 강화한 아이템이면 충분하고."

부족한 컨트롤을 아이템으로 메운다!

당장의 스탯만 해도 +12강 단검 하나 꼈을 뿐인데 15레벨을 올려야 얻을 수 있는 스탯을 추가적으로 보정받지 않았는가.

"사냥해야지."

입꼬리가 저도 모르게 슬쩍 올라간다.

비틀어진 욕망의 표현!

"건방진 토끼 녀석들. 오빠가 간다."

눈앞에 거슬리는 나머지 홀로그램들을 거칠게 치워 버린 뒤 강화소를 나섰다.

레전더리 직업 페널티가 망막을 스쳐 지나갔지만 무심하게 흘려보냈다.

현실을 인정하고 싶지 않았다.

2

'무슨 일이지.'

주변의 시선을 끄는 당당한 걸음으로 하란 성을 걷는 정설아의 표정은 미묘했다.

그녀가 향하는 곳은 성 밖.

초보자용 단검의 12강을 성공했다는 공지를 보고 연락하자마자 급하다며 끊어버린 한시민을 만나기 위해 직접 강화소까지 갔는데 이미 사냥하러 떠났다는 말을 들었다.

'다시 연락 준다고 했는데.'

그녀가 의아해하는 부분은 이것.

대체 왜 한시민은 갑자기 대화를 끊고 다시 연락하지 않은 걸까.

'몸값을 올리려는 건가?'

물론 그냥 까먹어서일 뿐이다. 한시민에게 정설아는 아직까지 그냥 지나가는 예쁜 여자 그 이상도 이하도 아니니까.

당장 먹고살 일이 걸린 중요한 문제에 그녀에게 대화가 왔었다는 사실은 금세 잊혀졌다.

그걸 알 리 없는 정설아는 고민하기 바빴다. 평소 겪어본 적 없는 일이기에 고민은 더 깊었다.

'그리 보이지 않았는데 자신의 가치를 아는 남자라…….'

정설아가 본 한시민은 그저 철없는 청년이었다. 하나 상상을 거듭하며 자신이 가진 직업의 가치를 알고 이성적으로 대처할 줄 아는 가면을 쓴 남자로 거듭났다.

'꼭 섭외해야 해.'

어떤 남자든 유저로선 최초이자 유일할지도 모르는 강화사다.

게임을 시작하자마자 엉뚱하게 강화소를 찾아 대륙에서 가장 희귀한 기술 중 하나인 강화를 배워 버린 유저.

꼴이 비루하고 레벨이 낮다 한들 중요치 않다. 소수 정예로 활동할 정설아의 팀에 있어 중요한 건 그의 가치일 뿐!

무엇보다 한시민의 말도 안 되는 운을 목격하지 않았던가?

'12강이라니…….'

1%면 그냥 11강까지만 해서 쓰라는 말과 다르지 않다.

실제로 강화를 대표하던 단풍 온라인에서도 22강 이후 강화 성공 확률이 30%에서 3%로 급격히 하락해 모든 유저가 22강까지만 하고 다니던 사례가 있었으니까.

가끔 접거나 인생이 재미없다고 느끼는 유저 몇몇이 포기하는 심정으로 질렀다가 성공하는 사례는 있어도 지금처럼 행운이 연속되는 경우는 없다.

그렇기에 더더욱 붙잡아야 한다.

원하는 때 언제 어디서든 강화할 수 있는 유저.

거기에 직업 효과로 강화 확률이 더 붙거나 혹은 타고난 운이 좋기까지 한다면?

그게 아니더라도 정설아가 판단한 한시민은 강화를 할 줄 아는 유저였다.

수많은 온라인 게임에서 강화를 콘텐츠로 삼아 개인 방송을 하던 그런 장인들!

정해진 확률을 뚫고 최상의 결과를 만들어내는 방법을 아는 자들!

그런 자를 영입한다면 남들보다 앞서 나갈 발판이 더 높아질 것이다.

'만나서 더 이야기를 해봐야겠어.'

정설아는 원하는 것을 얻기 위해 거침없이 들이댈 줄 아는 여자다. 그러기 위해선 한시민이 어디서 사냥하고 있는지부터 찾아야 한다.

아직 초보자에 불과하니 기껏해야 토끼들을 잡고 있겠지만 하란 성이 워낙 크다 보니 그 주변을 둘러보는 데도 한참이 걸릴 터.

그러나 막막해하던 그녀의 고민은 의외로 쉽게 해결됐다.

"야야, 아까 그 사람, 공지에 뜬 그 사람 맞지?"

"12강 초보자 단검? 맞지 않을까? 이펙트가 작살 나던데."

"무슨 사람 형태도 잘 안 보이는 거리에서도 이펙트는 그렇게 선명하냐."

"12강이잖아. 진짜 개간지."

"근데 그런 사람이 왜 초보자 옷을 입고 다니지? 가죽 옷 정도는 입어야 하는 거 아니냐?"

"모르지 뭐. 돈이야 썩어날 텐데. 대체 12강 하려면 몇 개를 부숴먹어야 하는 거지?"

"그러니까. 커뮤니티에서 강화 관련 글 좀 보니까 한 번 강화하는 데 1골드 50실버 든다던데."

"와. 또라이네, 완전."

지나가는 두 유저의 대화는 그녀가 찾는 남자에 관한 것이었으니.

"저기."

"저희요?"

"뭐 좀 여쭤봐도 될까요?"

"……!"

무표정한 얼굴의 정설아지만 그 매력은 감히 범접할 수 없다. 당연히 두 남자의 입이 절로 벌어졌다.

“무엇이든 여쭤만 보십쇼!”

“혹시 돈이 필요하시다면 제 전 재산이라도 드리겠습니다!”

드넓은 평야에서 한시민의 위치가 금세 그녀의 머릿속에 찍혔다.

어느 쪽에 있는지 알기만 하면 한시민을 찾는 건 그리 어려운 일이 아니다.

“와, 대박.”

“저 이펙트 좀 봐.”

“미쳤다.”

“저게 12강? 13강, 14강은 대체 얼마나 화려한 거야?”

“이펙트만 봐도 몹들이 지려서 도망치겠네.”

사냥하던 사람들이 한 번씩 멈춰 서서 구경하고 있었다. 12강 무기는 멀리서 봐도 눈에 띌 정도로 화려하고 아름다운 이펙트를 뽐내고 있었으니까.

잠시 구경하다 떠나는 유저들과 달리 정설아는 빛의 근원지로 향했다.

그녀 외에도 구경하거나 다른 마음을 품고 다가가는 유저들이 아예 없는 건 아니었지만 한시민에게 다가갈수록 유저들의 수는 눈에 띄게 줄었다.

한눈에 봐도 초보 티가 나는, 사기 쳐 먹고 싶게 생긴 꼴임에도 왜 그런가에 대한 이유는 금세 드러났다.

"시민 님……."

"흐하하하하! 일로 와, 귀염둥이들아. 뒤져! 이 새끼들아!"

퍽!

"으악! 이 개새…… 너 뒤졌다. 이리로 와봐."

"……."

한시민을 부르던 정설아에게 몇 안 되는 시선이 향하려는 순간.

그녀는 등을 돌렸다.

3

[레벨이 올랐습니다.]

"어? 안녕하세요."

토끼들과 대혈투를 벌이고 2레벨을 달성한 한시민이 정설아를 발견했다.

"뭐지?"

"아는 사인가?"

"저 여자 템도 만만치 않네."

"은은한 이펙트 있는 거 보면 8강 이상인데?"

"무기 상점에서 산 장검이면 적어도 10골드 이상일 텐데."

"금수저 모임인가?"

수군거리는 사람들의 말이 들려온다.

정설아가 모른 채 돌아갈까 고민하다 한시민에게 향했다.

"여기서 뭐 하세요?"

"사냥이요."

"……."

태연한 대꾸에 미간이 살짝 찌푸려졌다. 하지만 티를 내진 않았다. 그녀는 어디까지나 우연히 지나가다가 발견한 것이었으니까!

"연락 기다렸어요."

"아!"

물론 그녀의 내줄 수 없는 마지막 자존심일 뿐 내숭 같은 건 없었다.

가진 여자의 여유!

한시민이 무릎을 쳤다.

"미안해요. 깜빡했네."

"……깜빡?"

"네, 급한 일이 좀 있어서."

"토끼 잡는 게 급해 보이긴 하네요."

"아니, 그게 아니라……."

뭐 이것도 나름 급한 일이긴 한데…….

표정에선 드러나지 않았지만 살짝 삐진 것 같다는 느낌을 받은 한시민이 사건의 전말을 말해주려다 시선이 집중되고 있음을 눈치채고 입을 닫았다.

굳이 숨길 만한 일은 아니다. 대륙에 몇 없는 강화사 중에서도 특별한 강화사라는 걸 널리 알리게 되면 유저들에게 강화비를 몇 배나 올려 받는 데에도 무리가 없게 될 테니까.

명품이랄까. 비싼 값을 치르더라도 질 좋은 물건을 찾는 유저들은 한시민의 직업이 매력적으로 다가올 테다.

"둘만 있을 때 말씀해 드릴게요."

하지만 지금 떠벌리는 건 좋지 않다.

'쪽팔리게.'

토끼와의 전투가 상당히 난잡했음을 한시민도 인지하고 있었기에.

12강 단검을 들고도 토끼들과 이리저리 구르며 싸우다니!

한 방만 찔러 넣으면 죽어버리는 건 짜릿했지만 그 한 방을 제대로 찔러 넣기가 그리 쉬운 일은 아니었다.

"가시죠."

한시민이 남자답게 정설아의 손을 잡고 이끌었다.

"……."

더 심해진 숙덕거림에 정설아가 잠시 고민하다 이내 그를 따랐다.

과정이 마음에 들진 않았지만 어쨌든 만나야 할 사람을 만났으니까.

한적한 장소에 도착하자마자 정설아가 물어왔다.

"혹시 전직하셨나요?"

한시민은 고개를 끄덕였다.

"네."

"……유니크 이상의 직업이군요."

"레전더리요."

전직 레벨인 15 이전에 전직했다는 건 유니크 이상의 직업을 얻었다는 말과 같다. 해서 숨기지 않았다.

정설아가 한시민이 강화사 NPC에게 스킬을 배우고 그녀의 무기를 10강으로 만드는 것을 보며 팀이든 친분이든 그녀의 사람으로 만들어야겠다는 생각을 한 것처럼, 한시민 역시 정설아의 가죽 방어구와 무기, 그리고 거침없이 내미는 강화석과 골드를 본 순간 그녀를 첫 번째 단골로 만들어야겠다는 생각을 했었으니까.

예쁜 건 예쁜 것이고 사업은 사업이다!

고레벨을 달성하고 본격적인 장사 시작 전까지의 수익 구멍을 메워야 한다!

수첩에 적어놓은 수많은 돈벌이 방법 중 하나를 꺼낼 때가 왔다.

“역시 12강을 갈 수 있었던 건…….”

“뭐, 경험치 페널티가 200%긴 하지만 강화하는 덴 꽤 쓸 만하더라고요.”

정설아의 눈이 빛났다.

강화 비법만 있는 줄 알았는데 직업적인 효과까지 더해졌다니!

“무기 옵션 좀 볼 수 있을까요?”

“여기요.”

[+12 초보자용 하급 단검]

* 등급: Normal

* 착용 레벨: 1

* 공격력: 10(+20)

* 옵션 1: 모든 스탯+5(+10)

* 옵션 2: 파괴 불가, 내구도 무한

* 옵션 3: ‘짙은 푸른 오라’ 효과 적용

 –10초당 체력, 마나 2% 회복

“어때요? 멋지죠? 15강 하면 대박일 거 같은데.”

“제 장검보다 좋네요.”

정설아가 허탈하게 중얼거렸다.

저레벨 무기이고 무기 상점에서 구입한 장검이라지만 씁쓸할 수밖에 없다. 거기다 12강부터 붙는 오라의 효과는 돈 주고도 못 살 옵션.

"포션이 필요 없겠네요."

"그리 많이 차는 것 같지는 않더라고요."

지금이야 그렇게 느끼겠지만, 레벨이 오르다 보면 % 단위로 회복되는 오라의 옵션은 전투 도중에도 크게 체감될 수밖에 없다. 적에게는 더 큰 악몽으로 다가올 테고.

"팔 생각은 없으신가요?"

잠시 고민하던 정설아가 진지하게 말했다.

갖고 싶다.

단순한 소유욕이나 독점욕은 아니다.

"예?"

"네임드 몬스터 레이드 중인데 이미 두 번 실패했어요. 강화하러 갔던 것도 그 때문이고요. 아슬아슬하게 계속 실패했는데 이 무기면 충분히 성공할 수 있을 것 같네요."

전진을 위한 투자!

판타스틱 월드는 넓고 올려야 할 레벨도 많다. 당연히 하란성 주위에서 사냥만 하다 끝낼 게임이 아니라는 뜻! 레이드에 도전하고 좋은 아이템을 먹어 다른 곳으로 이동한다.

그를 위해 정설아는 남들보다 빨리, 많이 투자했고 도전했다. 그리고 도전하는 이는 정설아 혼자가 아닐 것이다.

"음, 죄송해요."

"돈은 원하시는 만큼……."

"돈 때문이 아니에요."

"……."

간절함을 보고도 한시민은 거절했다.

순간 혹한 것은 사실이다. 원하는 만큼이라는 기준은 그녀가 입은 방어구와 강화할 때 보였던 통이라면 얼마를 상상하든 그 이상으로 받아낼 수 있을 테니까.

'그래도 지금은 아냐.'

그럼에도 거절한 이유는 미래를 보기 때문이다.

아마 베타고에 의해 레전더리 직업으로 강제 전직하기 전이었다면 팔았을지도 모른다.

그가 투자한 것이라고는 퀘스트로 받은 강화석 스무 개 중 열두 개뿐이고 12강 단검이야 다시 만들면 그만이라고 생각했었을 테니까.

한데 지금은 상황이 바뀌었다. 강화하기 위해선, 무조건 강화를 성공시키려면 드넓은 대륙을 돌아다녀야 한다.

저강화 구간에서야 여전히 쉽게 갈 수 있겠노라 쳐도 확률이 낮아진다면?

점점 어려운 자세와 시간을 요구하던 것이 더 멀리, 더 위험한 장소로 바뀔 게 분명하다.

강화 대상의 질이 높아진다면 제물을 요구할 수도 있겠지.

해서 대비책을 마련해 두어야 한다.

게임에선 그 대비책이 레벨이고 아이템이고 스탯이다.

"제가 써야 해서요. 아무래도 본격적으로 강화하는 건 아무래도 레벨을 좀 올리고 나서일 것 같아요."

"아…… 네."

거기다 부정하고 싶어도 그에겐 필요 경험치 200%라는 저주가 붙어버렸다.

그까짓 2배, 두 배로 열심히 사냥하면 된다는 생각은 토끼와의 혈투 끝에 겨우 올린 1레벨에 무너져 내렸다.

안 그래도 레벨 올리기 힘든 판타스틱 월드에서 필요 경험치 두 배 페널티까지!

단순히 생각할 수 없게 되었다.

'빌어먹을 전설의 강화사. 좋은 게 아니었어.'

까면 깔수록 양파 같긴 한데 안이 썩어 있다.

스킬로 구체화되어 당당히 쓸 수 있다는 장점은 생각해 보니 그에 상응하는 레전더리 직업의 스킬을 얻지 못하는 치명적인 단점으로 바뀌어버렸고.

어차피 있던 능력이 레전더리 직업 전용 스킬로 바뀌었으니 손해 보는 느낌일 수밖에.

레벨을 올리다 보면 직업에 숨겨진 여러 능력이 개화된다고 하지만 전설의 레전드 강화사라는 이름을 생각해 보면 전투 계열이 아닐 가능성이 농후하다.

"하아."

"알겠어요. 대신 강화는 좀 부탁드려도 될까요?"

한시민의 한숨에 정설아가 미련 없이 포기했다. 아쉽긴 했지만 그녀의 원래 목적은 12강 단검을 사는 게 아니다.

한시민을 그녀의 팀으로 영입하는 것!

"네, 강화해 드리는 거야 당연히 가능하죠. 적당한 페이만 주신다면."

"그럼 부탁 좀 할게요."

우선 거리를 좁히기 위해 호감부터 쌓기로 했다.

4

"어떤 거 강화하실 거예요?"

강화소에 도착한 한시민은 헤벌쭉하던 표정을 지우고 물었다.

공은 공이요, 사는 사다.

정설아에게만큼은 사적인 감정을 조금 담아도 되지 않을까 하고 흔들렸지만 이미 열흘이라는 시간을 날렸다. 비어 있는 통장 잔고와 생활비를 비롯한 이런저런 공과금들을 내야 할 날이 얼마 남지 않았다는 걸 떠올리며 그는 마음을 다잡았다.

"이거요."

정설아는 망설임 없이 10강 장검을 내밀었다.

한시민 역시 예상하고 있었기에 당황하지 않고 말했다.

"그냥 강화는 50실버, 특수 강화는 5골드에 해드릴게요."

표정에 변화란 없다!

한 번에 50만 원을 뜯어먹기 위해선 확실한 연기를 해야 한다.

"특수 강화는 뭐죠?"

그게 통했는지 정설아는 비싼 값에 대한 질문보다 특수 강화에 대한 관심을 보였다.

즉석에서 만들어낸 것이지만 한시민은 제법 그럴듯한 설명을 생각해 냈다.

"명당이라고 아시죠? 강화 잘되는 곳. 제 직업 스킬이 그거예요. 그런 곳을 찾아서 강화하는 거죠. 거기에 제가 오랫동안 연구해 온 강화 비법을 더하고요."

"……아."

원래 이름은 절대 강화다.

성공 확률 100% 지점을 찾는 스킬.

하지만 그걸 적당히 이용하면 10~20% 확률을 높이는 자리에서도 강화할 수 있다.

확실하게 뜯으려면 무조건 강화하는 명당을 찾을 수 있다는 걸 밝히는 게 좋지만, 역시 그런 오버 밸런스적인 이야기는 직업의 특성이라도 다른 유저에게 하지 않는 게 낫다 판단되었다. 그게 앞으로의 장사에 더 효율적일 테고.

게다가 강화 비법이라는 민간요법은 사실상 사기나 다름없지만 게임을 하는 유저들에겐 꽤나 잘 먹히는 사기다.

"그게 정말 가능해요?"

잠시 고민하다 마음을 정했는지 고개를 끄덕이려던 정설아가 물어왔다.

호기심이랄까. 어쩌면 직접 눈으로 확인하지 못하는 영역이라 궁금했을 수도 있다. 그게 정상이고 한시민은 의문을 풀어줄 의무가 있기에 고개를 끄덕였다.

"따라와 보세요."

모루와 망치를 챙긴 한시민이 강화소를 나서 12강 단검을 쥔 채 집중하고 걷기 시작했다.

10분, 20분.

어느덧 성을 나섰고 드넓은 평야를 지나 울창한 숲으로 들어섰다.

"여긴 좀 위험할 텐데요?"

정설아가 걱정스레 물었지만 그의 걸음은 멈출 생각을 않았다.

남자다운 당당한 발걸음!

'알아서 지켜주겠지.'

한시민은 그녀를 믿었다.

온몸에 돈을 처바르고 숲에서 사냥을 하는 여자다. 크게 문제되진 않으리라.

돌아다니는 늑대의 앞발에만 치여도 빈사 상태가 될 초보자는 그렇게 숲을 누볐다.

"여기."

그렇게 1시간을 걷고 나서 멈춘 장소는 주위가 온통 나무인 곳이었다.

"……여기가 어딘데요?"

"명당이요."

입가에 진한 미소가 걸렸다.

얼마나 깊이 들어왔는지 따위엔 관심이 없었다.

어딘지도 모른다.

그럼에도 자신감이 넘쳤다.

'휴, 찾았다.'

초보자의 단검 13강 강화 성공 자리.

여기서 두드리면 된다!

감이 말해주고 있었다.

"우선 보여드릴게요. 그냥 5골드 받아먹으면 사기꾼 되는 기분이니까."

만약 명당을 찾지 못했다면 그냥 배 째라는 식으로 강화할 건지 말 건지에 대해 따졌을 것이다.

한시민 능력의 절대적인 강점은 실패 확률을 0으로 만든다는 것이지 그저 강화 확률을 조금 높이는 게 아니니까.

대충 60%, 혹은 70% 성공 확률의 자리를 찾아 강화할 수 있지만 그렇게 되면 실패할 수 있고 그럼 12강 단검이 11강이 되거나 사라져 버리게 된다.

강화 한 번에 10만 원이 필요하다는 걸 생각해 보면 한 번에 백만 원 넘는 돈이 증발하는 셈.

다른 사람의 무기라면 개의치 않겠지만 본인의 무기이니 대충할 순 없었다.

"음, 여긴 성공률 10%쯤 되네요."

"……10%요?"

"네."

한시민이 모루를 내려놓고 허세 부리기 시작했다.

"성공 확률이 원래 0.1%인데 명당을 쓰면 10%가 돼요. 14강, 15강도 마찬가지겠죠. 이게 강화 외에 어떠한 혜택도 받지 못하는 레전더리 직업의 유일한 장점이에요."

"……."

대단하다!

뭔가 멋져 보인다.

하지만 10%는 절대 높은 확률이 아니다. 그걸 알기에 정설아는 수긍하지 못했다.

계획대로 흘러감에 한시민이 웃었다.

"거기에 제 비법을 더하는 거죠."

"비법이라면……?"

"사실 강화는요, 명당도 명당이지만 배짱이 제일 중요하거든요. 아마 다른 사람이 제 직업을 가졌다면 이렇게까지 활용하지는 못했을 거예요."

그러곤 모루 위에 짙은 푸른빛을 뿜어내는 단검을 올렸다.

"……?"

"10%? 쪼는 순간 그건 성공 확률 10%가 아니라 실패 확률 90%가 되는 거니까."

탕!

망치가 단검을 내려쳤다.

"무, 무슨!"

정설아가 저도 모르게 손을 내뻗었다 회수했다.

그만큼 놀랐다.

놀란 마음을 채 추스를 틈도 없이 모루 위의 단검이 숲을 물들일 만큼 찬란한 황금빛을 뿜어냈다.

파앗-!

['시민' 님께서 '+13 초보자용 하급 단검' 강화에 성공했습니다!]

"……."

12강의 푸른 오라도 사람의 눈을 확 잡아끄는 매력이 있었지만, 13강의 황금빛 오라는 그보다 더 찬란했고 화려했으며 주변을 압도하는 무언가가 있었다.

단검을 집어 든 한시민의 자태가 화려해 보이는 착각까지 불러일으킬 정도.

"물론 확신했다가 실패할 경우 실망은 두 배지만 선택은 설아 씨가 하세요."

한 편의 사기극은 마무리까지 완벽했다.

정설아가 저도 모르게 골드를 꺼냈다.

저 황금빛 오라의 무기를 그녀도 들고 싶다. 그리고 두 번이나 실패한 네임드 몬스터 레이드를 성공하고 싶다!

"특수 강화로……."

확신이 들었다.

12강만!

아니, 11강만 해도 팽팽했던 균형을 깨고 이길 수 있다!

쿵! 쿵!

"……?"

"뭐지?"

안타깝게도 그 확신은 정설아만 한 게 아닌 듯했다.

"……저희가 잡으려던 네임드 몬스터, 북극곰이에요."

"……엥?"

굵은 나무를 부러뜨리며 거대한 곰이 모습을 드러냈다.

5

[칭호 '최초의 열세 개의 별!'을 획득했습니다.]

[최초의 열세 개의 별!]

* 등급: Special

* 내용: 절벽에 핀 꽃을 따기 위해 모든 것을 내던진 최초의 그대, 가질 자격이 충분하다!

* 혜택 1: 행운+100

* 혜택 2: 강화 성공 시 특수 옵션 추가 확률 +3%

0.1%의 확률을 뚫어낸 행운아에게 주는 칭호.

그리고 그 행운을 얻기 위해 위험을 감수한 만큼의 혜택.

보자마자 입꼬리가 올라가야 정상이지만, 침 흘리며 자신의 영역에 들어온 범상치 않은 기운을 뿌리는 침입자를 경계하는 북극곰의 등장에 홀로그램을 대충 치울 수밖에 없었다.

"……쟤가 정말 레이드 하던 애 맞아요?"

"네, 저기 배에 난 상처를 보면 확실해요."

"……."

아아, 신은 내게 강화 확률을 주시고 운을 빼앗아 가셨구나. 이 무슨 운명의 장난이란 말인가.

"후우."

상심하는 한시민의 귓가에 나지막한 한숨이 들려온다.

고개를 돌리니 낙담한 표정의 정설아가 보였다.

"……?"

"운이 안 좋네요. 하필 여기서. 오는 길에 몬스터가 평소보다 없던 게 이상하긴 했지만."

이미 포기한 자의 표정!

항상 무표정하던 그녀의 상심한 표정을 보자 지켜주고 싶다는 마음이 샘솟는다.

"포기하지 마세요. 이길 수 있어요!"

"……48시간 접속 페널티면 랭킹이 떨어지겠네요."

"아니, 이길 생각부터 해요!"

"잃어버리는 아이템이야 다시 사면 되지만, 하아."

"저기요, 설아 씨."

"안 그래도 강화하느라 몇 시간이나 낭비했는데……."

"야! 이 아가씨야!"

물론 한시민도 안다. 그의 레벨은 아직 2라는 사실을. 그리고 10레벨 이전의 초보자인 그는 죽어도 별다른 페널티가 없다는 것을.

해서 남자다울 수 있었다.

"이길 수 있어요! 자신감을 가져요!"

"……."

근거 없는 자신감에 정설아의 눈동자가 흔들렸다.

지금 그녀가 가장 믿고 싶은 말임에 틀림없다.

하나 아무리 생각해도 이길 확률이 없다.

이 와중에서도 냉철한 그녀의 판단은 정확히 빛을 발하고 있었다.

"저 북극곰은 레벨 20짜리 네임드 몬스터예요. 14레벨 셋이 싸워도 못 이겼는데 어떻게……."

그래도 혹시 모르니 물었다.

눈앞의 남자는 북극곰에게 한 대만 맞아도 억 소리를 내며 로그아웃될 초보자임을 알면서도!

저렇게 당당하니 믿고 싶어졌다.

게다가 불과 몇 분 전만 해도 0.1%의 확률을 뚫지 않았던가. 무슨 방법이 있을 수도 있다.

떨리는 눈동자 속 작은 희망을 발견한 한시민이 웃었다.

"제가 있잖아요."

"……네?"

"저랑 같이 싸워보죠!"

"……."

그냥 이 남자를 제물로 버리고 튈까?

순간 유혹에 흔들렸다. 하지만 이내 눈앞의 네임드 몬스터가 북극곰임을 상기했다.

일단 레벨부터 격차가 날뿐더러 숲에서 곰을 상대로 도망친다?

힘 빼지 않고 죽는 편이 나을 수도 있다.

"크르르."

대화를 나누는 둘을 북극곰이 방해했다.

북극곰의 사나운 눈매는 한시민의 단검에 고정되어 있었다.

짙은 황금빛의 오라!

네임드 몬스터마저도 경계하게 만드는 위엄!

그걸 영양가 없는 대화를 나누던 한시민과 정설아가 보았다.

둘의 시선 역시 0.1%의 확률을 뚫고 살아남은 모루 위의 단검으로 향했다.

"아!"

"어?"

둘의 말에 담긴 탄식과 감탄은 달랐지만 의미는 통했다.

이번엔 둘의 시선이 마주했다.

"저기……."

"이게 있잖아요!"

짧은 시간에 한시민은 계산을 마쳤다.

이럴 때만큼은 계산에 빠삭했다.

남자답게 단검을 그녀에게 내밀었다.

"같이 싸우죠! 어차피 별다른 방법도 없잖아요."

"……진심이에요?"

"먹고 튀면 평생 쫓아다닐 거예요."

"고마워요."

엄청난 도박이었다.

현실감 넘치는 판타스틱 월드에서 아이템을 빌려주는 행위는 신뢰를 바탕으로 하지 않으면 그냥 기부나 다름이 없다.

전 재산을 그냥 그녀에게 내민 것이나 다름없는 꼴!

속이 쓰리고 불안해 마지막 말이 절로 튀어나왔다.

'설마 먹고 튀진 않겠지.'

한시민은 그녀의 재력을 믿었다. 그리고 신뢰를 통해 얻게 될 미래의 보상을 계산했다.

어차피 그는 10레벨 미만의 초보자라 죽어도 아무런 페널티가 없다.

하지만 만약 그녀가 북극곰을 잡게 된다면?

'내 첫 번째 호갱님이 되는 거다!'

인생은 선택의 연속이다.

판타스틱 월드의 첫 번째 갈림길에서 한시민은 그녀를 믿는 길을 택했다.

절대 아름다운 외모에 넘어간 게 아니다!

"꼭 이겨야 해요."

"도와줄래요?"

사심 90%의 한시민에게 정설아가 미안한 표정으로 10강 장검을 내밀었다.

13강의 단검, 황금빛 찬란한 오라를 뿜어내는 단검으로도 사실 장담할 수 없다.

그녀가 공격력이 부족하다고 판단한 건 그녀의 나머지 팀원 둘과 함께 했을 때의 이야기다. 1:1의 상황에선 공격력이 부족하기 이전에 방어력이 부족해 죽을 수 있다.

해서 부탁하는 것이다.

염치불구하고.

목숨을 던져 어그로를 끌어달라고.

레벨 2라는 말을 들었지만 없는 것보다야 낫기에 지푸라기라도 잡는 심정이었다.

"물론이죠."

선택한 한시민은 망설임 없이 장검을 받았다.

'먹고 튀면 이거라도 팔아서 다시 강화해야지.'

약간의 안도가 그의 어깨를 가볍게 만들어주었다.

"크르르!"

경직되어 있던 둘이 움직이자 북극곰도 움직이기 시작했다.

네임드 몬스터는 인간들이 두려워 시간을 준 게 아니라는 걸 보여주기라도 하듯 갑작스레 덮쳤다.

엄청난 속도!

고작 레벨 2인 한시민에겐 말도 안 되는 압박으로 다가왔다.

'미친! 왜 나야!'

그냥 내가 단검 쥐고 있을 걸 그랬나.

후회됐지만 그의 목적은 북극곰을 잡는 것이라기보다 그녀에게 빚을 만드는 것이다.

어차피 죽을 거 최대한 빚을 쌓는 게 좋다.

물론 원하는 바를 이루었다고 그냥 죽을 순 없다.

'쪽팔리게 바로 죽으면 안 되지.'

남자 자존심이 있지!

한시민이 바로 옆으로 굴렀다.

움직임을 볼 생각 따윈 하지 않았다. 북극곰이 뛰었다 싶은 타이밍에 그냥 무작정 굴러 버렸다.

순간 이게 더 추할지도 모른다는 생각이 머릿속을 스쳐 지나갔지만 애써 무시했다.

쾅!

다행히 판단은 틀리지 않았는지 북극곰의 육중한 몸통 박치기를 피하는 결과를 만들어냈다.

안도의 한숨이 나오려는 걸 참으며 바로 장검을 휘둘렀다.

훙—

불완전한 자세에서 휘둘러지는 검이 10배나 높은 레벨의 몬스터에게 제대로 된 대미지를 줄 리가 없다.

한시민의 장검은 허공을 갈랐고 공격이 실패한 것에 분노한 북극곰의 역공이 날아왔다.

퍽!

"으악!"

발길질 한 번에 나무에 날아가 처박힌다.

고통 따윈 게임 옵션에 의해 크게 느껴지지 않았지만 뭉텅이로 깎여 나가는 체력에 기겁해 억 소리가 절로 나왔다.

'죽을 뻔했다.'

북극곰 역시 흥분해 마구잡이로 찬 게 고작 레벨 2짜리가 맞고도 살아남은 이유였다.

운이 좋다면 좋은 셈!

하지만 그뿐이었다. 한 번에 엄청난 체력이 깎이자 상태 이상이 찾아왔고 그 몇 초 사이에 다시 달려오는 북극곰의 공격은 막지 못할 것이다.

"설아 씨! 도망쳐요!"

죽음을 예견한 한시민이 외쳤다.

나름 감동을 주기 위한 말이었지만 나뒹군 상태에서 내뱉은 말은 그리 멋있지 않았다.

북극곰이 달려왔다.

'시발…….'

각오했고 페널티도 없지만 죽음이란 그리 달갑지 않다.

나약함에 허무하기도 하다.

나름 게임에 자부심이 있기에 더하다.

소설 속 주인공처럼 숨겨둔 패를 꺼내며 영웅이 되고 싶었지만 안타깝게도 레벨 2짜리에겐 지금 상황을 뒤집을 패 같은 건 존재하지 않았다.

"쿠워어어!"

북극곰의 포효가 들려오고 두 눈을 감았다.

왠지 그냥 죽긴 억울해 들고 있던 장검을 던졌다.

던지고 정설아도 죽으면 주인을 잃게 될 비싼 장검이었지만 싱숭생숭한 마음은 평소였다면 절대 하지 않았을 선택을 하게 만들었다.

"안 돼!"
푹!
"크워어어어어!"
죽음의 순간!
비명과 함께 한시민의 눈에 비친 장면은 코앞까지 다가와 몸부림치는 북극곰과 그 등에 달라붙어 찬란하게 빛나는 황금빛 단검을 꽂아 넣은 정설아였다.
"……음."
"어?"
"크워어어!"
단검을 박아 넣은 한설아도, 북극곰 근처에 가지도 못한 장검이 바닥에 널브러진 걸 본 한시민도, 단검에 찔린 북극곰도 전혀 예상치 못한 상황에 당황했다.
"좀 많이 아파 보이는데요?"
"그, 그러게요."
"크워어어어!"
찔러 넣으면서도 정말 혹시나 했다.
13강이 된 초보자용 단검이 내뿜는 오라는 한눈에 봐도 강해 보였으니까.
확실히 대미지는 이전보다 더 박힐 것이다.
하지만 이 정도까지의 성과는 기대하지 않았다.
'고작 초보자용 단검일 뿐인데…….'

그녀가 사용하는 장검은 착용 레벨 10짜리로 무기 상점에서 산 공격력 15짜리다.

초보자용 단검과 비교하면 공격력이 무려 1.5배!

'10강과 13강의 차이가 이 정도인가?'

소름이 돋았다.

어느 정도 강화에 대한 정보를 모았지만 강화에 따른 옵션 변화의 정확한 정보를 알 수 있는 방법은 없었다.

북극곰이 몸부림치는 이때가 추가적인 딜을 넣을 기회임을 알면서도 정설아가 단검의 옵션을 확인했다.

[+13 초보자용 하급 단검]

* 등급: Normal
* 착용 레벨: 1
* 공격력: 10(+40)
* 옵션 1: 모든 스탯+5(+20)
* 옵션 2: 파괴 불가, 내구도 무한
* 옵션 3: '짙은 황금 오라' 효과 적용

–10초당 체력, 마나 4% 회복

–받는 대미지 10% 감소 및 반사

"……!"

의아함에 흔들리던 그녀의 큰 눈망울이 치켜떠졌다.

"왜, 왜요?"

문제라도 있나?

한시민이 묻자 그녀의 시선이 그에게 향했다.

그러곤 말했다.

"……이길 수 있어요."

"네?"

"이길 수 있을 것 같아요."

정설아는 모든 걸 갖춘 여자다.

외모, 돈, 재능!

그중에서도 전투에 관한 재능은 압도적이다.

그런 그녀가 냉철하게 판단하고 결론 내렸다.

"이길게요."

한시민은 전투 불능이다.

6레벨이나 차이 나는 네임드 몬스터와 전직도 전에 일대일로 붙어야 하는 상황.

그럼에도 단검의 옵션을 확인한 정설아가 차갑게 웃었다.

그녀와 몇 년간 호흡을 맞춰온 팀원들은 없지만 그 자리를 단검으로 대체할 수 있다는 확신이 담긴 매혹적인 웃음이었다.

"크워어어!"

그사이 북극곰은 상처에서 벗어나 그녀에게 이빨을 드러냈다.

정설아는 침착하게 자세를 낮췄다.

얼마만큼의 스펙 상승이 있는지 정확히 파악했기에 손해가 아니다!

'갖고 싶다.'

순간 나쁜 마음이 들 정도로 단검의 옵션은 사기적이었다.

그녀의 강화된 장검보다 공격력이 무려 20이나 높고 모든 스탯 25가 붙어 레벨의 격차를 줄여주었다. 거기에 '짙은 황금 오라' 효과는 그녀가 일대일로 싸워 이길 수 있다는 확신을 준 결정적인 계기.

북극곰과의 조건이 동등해졌다.

그렇다면 질 수가 없다.

팟!

정설아가 달려들었다.

"……."

간당간당한 체력을 보며 구경하는 한시민의 입이 벌어졌다.

'미쳤다.'

게임을 잘한다는 자부심이 있고 운동도 해서 첫 가상현실 치고 꽤 훌륭하게 싸운다고 생각했었다.

적의를 드러내는 적을 향해 쫄지 않고 공격할 수 있다는 것만으로도 일반인에겐 엄청난 장점이니까!

하지만 정설아의 전투를 보며 진짜 전투란 게 무엇인지 느껴졌다.

수십 년 동안 전장에서 구른 전사처럼 움직이고 피하고 찔러 넣는다.

본능으로 구르고 보는 한시민과 달리 날아오는 공격을 보고 최소한의 움직임만으로 피한다.

영화나 드라마에서나 나올 법한 움직임!

그걸 실제로 보게 될 줄이야.

'그냥 현질 전사가 아니었어!'

돈으로 무장한 유저가 컨트롤까지 좋다니.

사기잖아!

질투가 날 정도다.

푹—

"크워어!"

그녀와 같은 레벨이 되고 같은 아이템을 끼면 저렇게 싸울 수 있을까?

씁쓸하지만 고개가 저어졌다.

뭔가 그가 쥐던 단검이 아닌 느낌이랄까.

하나 마음을 다잡았다.

'난 어차피 돈만 벌면 돼.'

그에겐 정설아에게 없는 재능이 있다.

"화이팅!"

어차피 처음부터 아이템빨을 앞세워 레벨을 올릴 생각을

하지 않았던가!

본분을 잊지 않고 응원을 시작했다.

허용할 공격은 허용하면서도 놓치지 않고 반격을 꽂아 넣는 그녀의 움직임은 서서히 북극곰의 몸에 상처를 늘려 나가기 시작했다.

"후우, 후우."

소모전!

거대한 북극곰의 맷집은 그만큼 대단했다.

정설아가 두 번이나 레이드를 실패한 이유도 그 체력을 깎아먹기 전에 그녀의 팀이 먼저 지쳤기 때문이다.

'할 만해.'

하나 지금은 다르다.

높은 공격력은 북극곰의 체력을 빠르게 깎아 내렸고 13강 오라의 효과로 인해 그녀의 체력은 조금이나마 차고 있다.

그뿐이랴.

받는 대미지 감소에 반사까지.

장기전을 노리면 안 된다는 두 번의 실험으로 얻은 결론을 지운 채 그녀는 오히려 전투를 장기전으로 이끄는 중이었다.

"이기는 편 우리 편!"

"……시끄러워요!"

승기가 굳어지자 한시민의 입은 더 살았다.

어찌 됐든 이기는 경우가 가장 좋다.

레이드를 도운 셈이니 빚을 왕창 지우게 되었고 무려 20레벨이나 되는 네임드 몬스터를 잡는다면 좋은 아이템을 얻을 수도 있을 테니까.

무엇보다.

'한 5레벨은 오르겠지?'

경험치 페널티 200%를 짊어지고도 엄청난 경험치를 얻을 수 있으리라!

"……응?"

그런 생각까지 나아가자 한시민은 문득 무언가 허전함을 느꼈다.

왜지?

뭘까?

폭업에 대한 희망으로 설레는 순간 어색함이 찾아왔다.

"아!"

잠깐의 고민 끝에 그게 무엇인지 알아챘다.

그리고 그건 정설아가 30분가량의 기나긴 전투 끝에 승리를 거머쥐기 바로 직전의 상황이었다.

"안 돼애애! 파티! 파티 신청!"

"……!"

푹-

"크워어어어!"

['정설아' 님이 파티에 가입했습니다.]

북극곰이 쓰러졌다.

터지기 일보 직전의 침묵이 내려앉았다.

'어떻게 되지?'

파티에 가입한 뒤 죽었나?

설마 그냥 죽은 건 아니겠지?

막타 친 유저에게 경험치를 몰아주는 시스템이 아니지만 기여도 부분을 보아도 한시민은 파티 사냥이 아니라면 조금의 경험치도 먹지 못한다.

한 거라곤 한 번 피하고 발길질에 날아간 것뿐이니까.

'제발!'

토끼들과의 지겨운 난투는 싫다! 한 번에 레벨 업 하고 싶다!

간절한 소망이 빛을 발했다.

[레벨이 올랐습니다.]

[레벨이 올랐습니다.]

[레벨이 올랐습니다.]

"와!"

감격에 눈물이 앞을 가렸다.

한시민과 정설아가 서로를 마주 보며 웃었다.

그러곤 먼저 다가가 손을 내밀었다.

정설아가 거침없는 그의 행보에 잠시 당황하더니 이내 손을 맞잡았다.

"……어, 수고하셨어요."

"네, 고마워요. 덕분에 잡았네요."

화사한 미소!

무표정도 어울리지만 만개한 미소는 그녀의 아름다움을 몇 배는 더 부각시켰다.

바로 앞에서 그 모습을 보는 영광을 누린 한시민이 멋쩍게 웃으며 남은 한 손으로 머리를 긁적였다.

예쁘긴 하지만 할 말은 해야 했다.

"단검부터 좀……."

"……아, 네."

마주 잡은 두 손이 어색하게 떨어졌다.

6

결과적으로 한시민과 정설아는 좀 더 친해졌다.

만난 지 고작 하루지만 서로 친해지고자 하는 마음이 있었고, 이번 전투 속 한시민의 대담한 결정이 신뢰가 되어 돌아왔다.

"이건 시민 씨가 가지는 게 좋겠어요."

"예?"

그리고 빚지는 걸 참지 못하는 정설아는 한시민에게 북극곰을 잡고 얻은 반지를 내밀었다.

"이게 뭐……."

별 기대는 않았다.

단검을 빌려줬다고 하지만 어디까지나 북극곰을 잡은 건 정설아였고 어찌 됐든 그의 도움은 경험치로 보상받았으니까.

정설아 홀로 잡았다면 더 많은 경험치를 먹고 선두로 치고 나갈 수 있었음에도 망설임 없이 파티를 수락해 주었다. 그것만으로도 만족스러운데 아이템까지?

"전 이것보다 앞으로 강화할 일 있으면 찾아주시는 게 더 좋은데……."

의심부터 들었다.

혹시 이걸로 공짜로 부려먹으려는 게 아닐까!

아무리 봐도 네임드 몬스터에게서 떨어진 반지, 그것도 고작 하나만 나왔다면 적어도 레어 아이템이라는 뜻일 텐데 왜 나에게 주지?

타락한 영혼은 그의 기준에 맞춰 정설아를 판단했다.

"그건 당연하죠. 이건 그저 선물이에요."

"……."

"그것도 못 믿으시겠다면 뇌물로 보셔도 돼요."

"뇌물을 왜……."

"전 시민 씨를 저희 팀에 영입하고 싶거든요."

"아!"

그렇군! 역시 미녀가 아무 이유 없이 친절을 베풀 리 없지!

그제야 납득이 된 한시민이 고개를 끄덕였다.

그는 굳이 누군가와 같이 게임을 플레이할 이유가 없다 생각했었다.

어차피 그의 능력은 굳이 홍보하지 않아도 돈 많은 유저들을 불러 모은다. 만약 그에게 길드라는 틀이 생긴다면 어떻게든 싸게 호의를 베풀 수밖에 없을 테니까.

그만큼 받는 것도 많겠지만 한시민이 지금까지 거쳐 간 길드에선 주는 것보다 얻는 게 많았던 적은 단 한 번도 없었다.

"그건……."

해서 망설여졌다.

정설아가 부자임을 앎에도! 거기다 네임드 몬스터의 보상을 양보할 정도로 통이 크다는 사실을 확인했음에도!

"팀이라고 해도 소수 정예라 제약 같은 건 없어요. 특히 시민 씨는 더 그렇고요. 그냥 지금처럼 플레이하시면서 강화만 해주시면 돼요."

"……음."

망설임에도 정설아의 유혹은 계속되었다. 이미 13강 단검의 맛을 봐버린 그녀의 머릿속에 한시민에 대한 가치는 하늘을 뚫고 올라가고 있었기에 당연한 반응!

'꼭 잡아야 해.'

해서 치사하지만 잠시나마 한시민을 보며 파악한 약점을 공략하기로 했다.

"함께해 주신다면 강화 레벨을 올리는 데 필요한 강화석 정도는 소소하게나마 도와드릴 수도……."

큰 기대는 않았다. 그녀가 본 강화사의 가치는 고작 돈 몇 푼에 살 수 있을 정도가 아니었으니까.

하나 이로 인해 조금이라도 흔들린다면 적어도 아직 그의 가치를 모르는 다른 유저들보다는 좋은 위치에 설 수 있으리란 판단이었다.

안타깝게도 그녀의 판단은 오랜만에 틀렸다. 그녀가 찌른 한시민의 약점은 정곡이었다.

한시민의 두 손이 그녀의 가녀린 손 위에 포개졌다.

"잘 부탁드립니다, 팀장님. 마스터? 선생님? 뭐라고 불러야 하죠?"

"……."

그의 두 눈동자는 욕망에 불타고 있었다.

판타스틱 월드에서 길드는 꽤나 특별한 단체이다.

여타 게임에서처럼 그냥 생성만 누르면 만들어지는 게 아니고 설립 신청을 하고 일정 조건도 만족시켜야 한다.

길드 설립 이후 게임 시스템이 적용되는 것!

해서 정설아는 아직 길드를 설립하지 못했다.

"20레벨, 넷 이상의 길드원, 길드 본거지, 그리고 100골드. 이게 길드 설립 조건이에요."

"……."

성에 돌아와 길드 본거지라는 곳으로 향하는 한시민의 입이 벌어졌다.

"배, 백 골드요?"

"비싸긴 하죠. 그런데 어쩔 수 없어요. 길드는 빨리 만들수록 좋아요. 워낙 현실감 넘치는 게임이라 둘 이상의 소통은 힘들어서."

"아."

천만 원이라는 돈을 내고 길드를 만들 엄두는 내지도 못하는 한시민이 고개를 끄덕였다.

어차피 그가 낼 돈도 아니다.

"팀원들 호출했으니 아마 도착해 있을 거예요. 인사만 하고 바로 강화 부탁드릴게요."

"네."

정설아의 팀, 스페셜리스트라는 이름의 길드 본거지는 성 내 한적한 곳에 위치하고 있었다.

제법 큰 2층짜리 건물을 보며 또 한 번 놀랐다.

'이 여자는 대체 돈을 얼마나 쓰는 거지?'

이쯤 되면 어디서 돈을 찍어 오는 게 아닐까 의심될 정도다.

그런 그의 놀라움은 이제 시작에 불과했다.

문을 열고 들어서자마자 한시민의 눈앞에 거대한 그림자가 드리웠다.

"너냐? 우리 설아 시간을 네 시간이나 빼먹은 놈이?"

"……."

한시민이 본능적으로 느꼈다.

'헬 파티구나.'

덩치는 산만 했고 등 뒤에 맨 거대한 도끼는 위협적이다.

"네가 그 놈팡이냐고!"

"……."

하지만 그런 부수적인 배경 따위는 본판에 비하면 애교에 불과했다.

'한 대 맞으면 죽는다!'

저 험악한 얼굴, 탄탄한 근육. 돼지보단 잘 다져진 거인 같은 느낌이다.

"오빠, 그만해."

"그만하긴! 설아 네가 죽을 뻔했는데!"

"……?"

이곳은 성 내부라 PK를 할 시 엄청난 페널티를 받는다. 그러나 왠지 눈앞의 남자는 그 사실을 무시하고 주먹을 날릴 것 같은 기분에 침묵하는 사이 충격적인 전개가 이루어졌다.

'뭐야?'

어울리지 않게 울먹이는 표정으로 정설아에게 다가가 머리를 쓰다듬는 저 덩치!

"……."

입이 절로 벌어졌다.

이건 헬 파티 수준이 아니잖아? 저런 덩치가 정설아의 남자 친구라고?

그러자 한시민의 시선이 덩치의 몸을 훑었다.

"……!"

그리고 깨달았다.

"미, 미친!"

덩치 역시 온몸을 가죽 방어구로 두르고 있다는 사실을!

그랬던 거였나.

허탈함에 다리가 풀렸다.

어떻게 한번 들이대 볼까 하는 생각은 없었지만 그래도 그렇지!

"돈이 저 남자 거였다니!"

귀찮은 표정을 지으면서도 손길을 거부하지 않는 정설아가 한시민의 오해를 빠르게 부추겼다.

충격과 공포의 도가니!

그런 한시민의 어깨에 누군가가 손을 올리며 혀를 찼다.

"쯧쯧. 오빠, 무슨 생각하는지 알겠는데 설아 언니를 너무 물로 보진 마. 언니 눈, 저래 봬도 꽤 높으니까."

"……누구세요?"

자연스럽게 어깨동무라니! 그것도 모자라 반말까지!

고개를 돌린 한시민은 코앞에 보이는 여자의 얼굴에 인상을 찌푸렸다.

헬 파티 멤버가 하나 더 있었어?

갸름한 턱선, 작은 얼굴, 오밀조밀한 이목구비.

웃는 상의 여자는 귀여웠고 예뻤다. 길거리에 다니면 번호 좀 달라고 붙잡는 남자들 때문에 귀찮을 것이 눈에 선할 정도로.

하지만 한시민은 그녀가 예쁘다 생각할 겨를이 없었다.

"근데 오빠가 그 강화사야? 13강 성공한? 와! 이건가 보네? 완전 대박!"

"……그런데?"

적응하기 힘든 분위기는 얼굴이나 감상할 여유 따위 주지 않았으니까.

"나 한 번만 써보면 안 돼?"

"……."

"그만."

슬쩍 어깨 위에 올려둔 손을 허리로 내리며 유혹하는 여자에게서 벗어나자 정설아가 중재를 위해 한시민의 앞에 끼어

들었다.

'후.'

여유를 찾은 한시민이 서둘러 주위를 둘러보았다.

또 누가 있나?

다행히 보이는 사람은 없었다.

소수 정예라 했으니 셋이 끝인 건가?

그랬으면 좋겠다는 생각이 마구 들었다.

"미안해요. 저도 통제가 좀 힘들어요."

"……예."

이런 사람들을 팀원으로 데리고 몇 년을 게임 했다고?

새삼 정설아가 존경스러워 보였다.

그러는 사이 그녀가 소개를 시작했다.

"여긴 정현수, 제 친오빠예요. 그리고 이쪽은 강예슬. 오빠는 탱커고 예슬이는 힐러예요. 아직 전직하지는 못했지만."

"아. 네, 안녕하세요."

침착하게 인사를 건넸다.

친오빠라는 단어에 평정을 찾았달까?

세상은 아직 썩어 문드러지지 않았다는 것에 안도했다.

"한시민이고 직업은 강화사입니다."

"13강 한 번만 빌려줘! 오빠!"

"……."

격하게 환영해 주는 강예슬과 여전히 뚱한 표정으로 노려

보는 정현수.

한숨이 절로 나왔다.

'같이 사냥 안 해서 다행이네.'

하루 종일 붙어 다닌다면 정신병 걸리지 않을까.

"빨리, 빨리! 응?"

강예슬이 달라붙으며 보챘다.

남자라면 뿌듯해야 할 상황이지만 초반에 기가 질려 버렸기 때문인지, 아니면 정설아에 이미 눈이 높아져 버렸기 때문인지 몰라도 한숨이 절로 나왔다.

"비켜."

강예슬의 이마를 슬쩍 밀어내고 정설아의 뒤로 숨었다.

여기서 빨리 벗어나고 싶다.

정신병자들 사이에 있으면 정상인도 미치게 마련!

"너, 너 이 자식! 우리 설아 건드리면 죽어!"

"……저 진짜 같이 사냥 안 해도 되죠?"

"네, 그리고 너무 걱정 마세요. 처음이라 낯을 가리는 것뿐 나쁜 사람들은 아니에요."

예~ 예.

"오빠, 그런데 좀 생겼다. 나 같은 여자 어때? 낮에는 귀엽지만 침대 위에선 섹시한데."

"……."

낯을 많이도 가리네요.

"강예슬."

"알았어, 언니. 칫. 빨리 친해지려고 그러는 것뿐이니 너무 신경 쓰지 마, 오빠!"

정설아도 멋쩍은지 무표정을 깨고 웃어 보인다.

그래, 여기가 현실도 아닌데 나사 몇 개 빠진 사람들을 피할 이유가 뭐가 있겠는가!

돈과 미녀. 둘이 동시에 그를 향해 팔을 벌리고 있는데.

"그럼 일단 강화부터 해드릴게요."

"네."

정설아의 시선이 한시민의 허리춤에 매여 있는 단검을 훑었다. 그녀가 장검을 내밀었다.

"13강, 안 되면 12강까지라도 부탁드려요."

강화의 맛을 알아버린 그녀의 눈빛은 단호했다.

미리 말해두었는지 아니꼬운 표정의 정현수가 다가와 강화석 열 개를 건넸다.

"우리 동생한테 사기 치면 나한테 뒤질 줄 알아라."

"사기 치면 알아챌 방법이나 있나……."

"뭐?"

"아닙니다, 형님."

잠시 쫄았지만 한시민은 언제 어디서든 분위기에 적응할 줄 아는 개방적인 남자다.

정현수의 성격을 대충 파악하고 슬쩍 툴툴댔다.

험악한 인상이 일그러졌지만 정설아 앞이라 참는 게 다 드러났다.

그걸 보자 한시민의 감이 그를 보챘다.

'이거 잘하면…….'

시스콤 오빠에 돈 많은 남매라!

"50골드예요. 잘 부탁드려요."

"저야말로."

그 자리에서 망치를 두들기려던 한시민의 입가에 사악한 미소가 그려졌다.

7

대를 위해 소를 희생한다!

'설아 씨 무기를 강화하고 대어를 낚겠다.'

사실 그녀에게 돈을 뜯어내기엔 조금 미안한 감이 없잖아 있었다.

땡전 한 푼 없는 거지인 한시민의 밑천을 마련해 준 사람이기도 하고 한 번에 5골드짜리 강화를 아무 불만 없이 선택하는 바람직한 손님이기도 하고!

그래도 일이니까 어쩔 수 없이 해야겠다는 생각을 하고 있었는데 때마침 훌륭한 먹이가 제 발로 나타났다.

그녀의 돈이 곧 정현수의 돈일 수도 있지만 그런 사소한 문제쯤은 신경 쓰지 않기로 했다.

"형님, 그냥 설아 씨랑 둘이 가도 되는데요."

"누가 네 형님이야! 그리고 미쳤다고 우리 설아를 너 같은 놈팡이랑 둘이 보내? 말도 안 되는 소리!"

험악한 표정으로 어울리지 않는 말을 내뱉는 정현수의 모습에 정설아가 고개를 저었다.

그들은 매 시간 레벨 랭킹에 변동이 오는 최상위권 유저이기에 이렇게 사냥하지 않고 보내는 시간은 손해일 수밖에 없다.

"오빠, 그냥 가서 사냥하지?"

"안 돼. 그것만은 절대!"

"하아."

사실 보낼 수 있었다면 진작 보냈을 것이다. 하지만 27년을 살아오며 느낀 그녀의 친오빠는 이런 부분에서 절대 물러날 사람이 아니다. 해서 포기하고 타깃을 옮겼다.

"넌 왜 따라와?"

"우린 팀이잖아! 내가 뭐 어디 가서 혼자 사냥할 수 있는 것도 아니고."

"……."

강예슬, 그녀마저 강화하는 모습을 보고 싶다는 핑계로 따라붙은 것.

의도치 않게 스페셜리스트 팀이 모두 모여 이동하는 중이었다.

"오빠는 설아 네가 그깟 강화가 뭐라고 시간을 빼는지 모르겠다.”

“어휴, 현수 오빠! 언니가 중요하게 생각하면 중요한 거지. 덩치도 산만 한 남자가 뭘 그렇게 투덜대?”

“뭐? 내가 언제 투덜댔어!”

“방금 그랬잖아.”

한시민이 고개를 저었다. 아무리 봐도 제정신인 사람은 정설아와 그밖에 없다.

나사가 하나쯤 풀린 사람과 대화할 땐 그와 맞춰야 하는 법!

“형님, 잘 지켜주세요. 저 레벨 5라 한두 대 맞으면 죽어요.”

“죽든지 말든지.”

“너무하시네.”

거리낌 없이 다가가며 대화한다.

설마 때려죽이지는 않겠지!

죽어도 상관없긴 하다. 그렇기에 더 당당할 수 있었다.

“그럼 어쩔 수 없이 설아 씨한테 신세를…….”

“아, 안 돼!”

슬쩍 그녀의 옆으로 다가가자 정현수가 기겁하며 그 사이를 파고든다.

“이런 쓸모없는 놈! 그깟 강화 때문에 우리가…….”

뭐라 하든 신경 쓰지 않고 걸음을 옮긴다. 그의 약점이 뭔지 파악한 이상 다루는 건 어렵지 않다! 정설아도 딱히 기분 나빠 하는 것 같지도 않고. 게다가 강화한 아이템의 위력을 보면 정현수 역시 정설아와 같은 반응을 보일 수밖에 없을 것이다. 그렇다고 확신했다.

'나도 중독되어 버렸는데 누군들 다를까.'

고작 1레벨 아이템이다.

그런 아이템이 13강이 되면 레벨 5 이상 차이 나는 네임드 몬스터를 홀로 잡을 정도의 위력을 뿜어낸다.

그게 10레벨, 20레벨, 100레벨이 된다면?

거기에 아이템의 등급이 높아진다면?

강화라는 마약은 술을 마시는 것과는 비교할 수 없는 쾌감을 선사하겠지.

원래 마약도 처음이 어려울 뿐이다.

비싼 줄 알면서, 하면 안 되는 줄 알면서도 계속하게 되는 것.

한시민은 더 많은 마약 중독자를 만들기 위해 재능 기부를 한 번 더 하기로 했다.

귀찮고 손이 많이 가는 일이지만 그 대상이 엄청난 부자라면 말은 달라지는 법!

"여기예요."

10강 장검을 모루 위에 올려놓고 망치를 들었다.

꽤 깊은 산속.

12강 할 때와 비슷하게 멀리 온 것 같았다.

'역시 아이템 레벨이 올라갈수록 달라지는 건가?'

어쩌면 당연하리라.

"갈게요."

진지한 표정의 한시민이 무릎을 꿇었다.

'놀라지나 마라.'

사기극의 제2막이 올랐다.

"……."

"……."

"와아."

"남은 건 가질게요."

"……네, 감사합니다."

반짝이는 황금빛의 무기가 탄생했다.

인생은 타이밍이다. 장검을 받아 드는 정설아에게 잽싸게 물었고, 그녀는 흔쾌히 고개를 끄덕였다.

'보람은 있네.'

영적 능력인 만큼 계속해서 정신을 집중해야 하는데 그것도 지속되면 결국 피로로 다가오게 마련이다.

한데 웬만하면 표정에 변화가 없는 정설아가 감격한 표정으로 그에게 고맙다는 말을 전하는 모습을 보니 한참 강화 명당 찾느라 돌아다닌 피로가 싹 가시는 기분이었다.

'50골드에 강화석 일곱 개…….'

물론 피로가 풀린 결정적인 이유는 따로 있었지만.

"형님, 어떠세요? 좀 당기지 않아요?"

"당기긴 개뿔! 강화 따위 지금 하지 않아도 충분히 탱킹할 수 있어!"

장검을 들고 휘둘러 보는 정설아를 뒤로하고 정현수에게 다가가 유혹했다. 그 역시 투덜대면서도 13강의 이펙트를 보고 놀라워하던 참이었기에 가능성은 충분했다. 자존심 세우는 모습을 보이면서도 힐끔힐끔 거리는 게 조금만 더 유혹하면 된다는 확신을 가져다주었다.

"그래요? 뭐 어쩔 수 없지. 이왕 같이하게 된 팀원이니까 조금 깎아줄 생각은 있으니 생각해 보세요."

"안 해!"

하지만 거기서 더 물고 늘어지진 않았다. 굳이 말로 설명하지 않아도 곧 찾아오게 될 것이라는 걸 알고 있었으니까.

'며칠 안에 연락 오겠지.'

한시민의 예측은 생각보다 빨리 적중했다.

Episode 3.

자본주의가 낳은 강화사

1

강화를 아는 사람들은 강화가 갖는 이점이 얼마나 큰지 알지만, 그게 아닌 유저들은 아이템을 강화하기보단 그 돈으로 좀 더 좋은 아이템을 구하기 위해 노력한다.

돈이 많든 적든 어쩔 수 없다. 직접 겪어보지 않는 한 숫자로만 보이는 차이를 느낄 순 없으니까.

특히 온라인 게임에선 더 심하다. 오히려 가상현실보다 공격력의 차이가 보이는 결과가 뚜렷함에도 그것에 도달하기 위한 비용과 감수해야 하는 위험성을 생각해 겁을 먹고 선불리 강화에 도전하지 않는다.

정현수 역시 마찬가지다.

"그래 봤자 공격력 조금 차이일 뿐!"

판타스틱 월드에선 일정 강화를 넘어서면 오라의 효과가 추가된다. 그걸 정설아가 설명해 주었음에도 그는 콧방귀도 뀌지 않았다.

"들어간 돈이 얼만데! 그 작은 차이? 아까워 죽겠네."

그는 부자지만 헛된 돈을 쓰는 사람은 아니다. 해서 별 관심이 없었다.

돌아오는 길에 늑대들을 만나기 전까진.

"경험치다!"

10레벨의 늑대를 잡는 건 14레벨인 정현수에게 그리 어렵지 않은 일이다.

거기다 강예슬과 정설아 역시 14레벨.

오랫동안 호흡을 맞춰온 이들에게 고작 늑대 다섯 마리는 지나가는 경험치 덩어리일 뿐!

그는 도끼를 꺼내 패기 있게 달려 나갔다.

"오빠가 지켜주마! 으하하!"

든든한 오빠의 면모를 보여주기 위해 뛰어나간 정현수는 안타깝게도 그 뜻을 이루지 못했다.

파파팟!

"……!"

엄청난 속도로 튀어 나간 정설아가 겁도 없이 늑대들의 무리에 파고들어 휘젓기 시작했기 때문.

갑자기 상승한 그녀의 스펙에 정현수가 어버버 하는 사이 한 마리의 늑대가 죽었다.

고작 두 번 찔러 넣었을 뿐이다.

엄청난 공격력!

'뭐, 뭐야.'

설아가 저렇게 강했나?

불과 몇 시간 전까지만 해도 함께 사냥했다.

그때는 저 정도까진 아니었는데…….

물론 상대가 레벨 10짜리 늑대라는 건 감안해야겠지만 그렇다 쳐도 뭔가 확연하게 달라졌다.

정현수는 잠깐의 고민 끝에 무엇이 달라진지 눈치챘다.

황금빛 오라!

달라진 것은 들고 있던 장검에서 오라가 뿜어져 나오는 것뿐이었다.

'저 차이가…….'

이런 결과를 만들어냈다고? 고작 강화 몇 번 했다고?

황당해하는 사이 사냥이 끝났다.

"와! 언니, 대박!"

강예슬이 순수하게 감탄하며 손뼉 쳤다.

뒤에서 구경하던 한시민은 뿌듯해하며 고개를 끄덕였다.

정설아는 역시 사기다. 아무리 무기가 좋다 해도 맞으면 체력이 깎이는 건 변하지 않는데 홀로 다섯의 늑대를 상대로 한 번의 공격도 허용하지 않고 이겨 버리다니.

'저 정도면 AOS 게임을 해도 프로 정도는 씹어 먹을 텐데 왜 이런 거 하고 있지?'

본인의 취향일 테니 길게 고민하진 않았다.

그보단 정현수의 표정이 마음에 들었다.

충격이겠지.

15레벨이 되면 마법사로 전직하기 위해 스탯을 최대한 아껴두고 있는 정설아다. 그런 그녀에게 탱커로서 아무것도 해주지 못했다는 자존심의 상처가 났을지도 모른다.

"후후후."

음침한 웃음이 절로 나왔다. 사람 심리를 잘 아는 건 아니지만 적어도 정현수의 표정 정도는 쉽게 읽힌다.

'조만간 나한테 오겠어.'

원래 아프면 의사를 가장 먼저 찾는 법!

예상보다 빨리 찾아올 영업 타이밍에 뿌듯함을 느꼈다.

"어이, 놈팡이."

"네?"

"나 좀 보자."

올 게 왔구나!

성에 도착하자마자 정현수에게 잡혀 끌려가는 한시민이 웃었다.

"무슨 일이세요?"

"그…… 강화 말인데."

"네."

"크흠. 뭐 설아가 어제부터 보채기도 했고 이제 북극곰도 잡았겠다, 메인 퀘스트 받을 자격도 되고 스펙 업 좀 해야겠다 싶어서."

메인 퀘스트? 그래서 북극곰에 그렇게 매달린 건가?

호기심이 일었지만 어차피 상관없는 이야기라 묻지 않았다. 지금 중요한 건 코앞까지 다가온 호갱님의 돈을 뜯어먹는 것이니까.

"네."

"이 방패, 나도 설아 것처럼 만들어줘."

"……13강을 해달라고요?"

"13강이든 뭐든 설아보다 강해질 수 있게!"

이 양반이 위험한 소리를 하시네.

자존심이 상하긴 했나 보다.

"알겠습니다."

"자."

알 바 아니기에 순순히 고개를 끄덕였다.

강화하러 온 손님의 열정은 곧 돈으로 환산되게 마련!

강철로 만든 방패를 내미는 정현수에게 주의 사항을 알려 주었다.

"우선 그냥 강화소에서 하는 강화는 한 번에 50실버예요. 이건 별 지랄을 해도 확률 변동 값이 없으니 초반에 싸게 하고 싶으시면 이걸로 하세요. 물론 실패할 가능성도 존재하는 건 잊지 마시고요."

"알아서 해."

"특수 강화라고 있는데 이건 제 직업 특성과 노하우를 살리는 강화예요. 기본적으로 10% 정도에서 20%까지 랜덤으로 확률이 오르죠. 5강까지는 한 번에 2골드, 6강부터 7강까지는 5골드, 8강부터 11강까지는 10골드예요. 12강부터는 원하시면 따로 가격을 측정해 드리고요."

정설아에겐 그냥 한 번에 5골드로 통일해서 받았지만 다른 이들에게도 그렇게 받을 순 없다.

낮은 구간에서야 이득이지만 10강, 하다못해 성공 확률이 30% 이하로 떨어지는 구간부터는 실패하면 파괴될 수도 있고 하락할 수도 있기에 도전자가 부담해야 하는 비용이 커지게 마련이니까.

확률을 높여주는 비용도 올라갈 수밖에 없다.

축복석 값이랄까.

나름 합리적이지만 이미 정설아의 강화를 본 정현수는 의아함을 느낄 수밖에 없었다.

"설아는 한 번에 5골드였잖아."

"설아 씨는 좀 특별해서요."

"……."

"싫으면 하지 마세요. 저 말고도 강화사는 성안에 한 명 더 있으니 그쪽으로 가셔도 돼요."

"……."

물론 그 의아함은 한시민의 배짱을 뚫을 순 없었다. 안 그래도 엄청난 능력을 가지고 있는 주제에 판타스틱 월드는 그에게 희소성마저 부여해 주었다.

비록 레전더리 직업이라는 족쇄를 찼지만 어차피 랭킹 1등 따위엔 조금도 관심이 없는 그에겐 오히려 더한 훈장!

"좋아. 한다."

잠시 고민하던 정현수는 아까의 기억이 떠올랐는지 이내 고개를 끄덕이며 골드를 꺼냈다.

"……."

작은 가죽 주머니 가득 들어 있는 골드는 또 한 번 한시민의 할 말을 잃게 만들었다.

'아니, 이 남매는 뭐 하는 사람들이야?'

한번 물어볼까?

팀에 들어오면서 한 번쯤 묻고 싶었다. 대체 현실에서 뭘 하면서 살면 게임에 천만 원쯤 아무렇지 않게 투자할 수 있는지.

판타스틱 월드가 엄청난 인기몰이 중이기에 나중엔 그만큼 뽑아낼 수 있는 잠재성이 있다지만 그건 그거고 이건 이거다.

"자, 여기. 100골드 줄 테니 알아서 해줘. 강화석 그거 구하기가 상당히 귀찮아."

"……네."

거기다 이런 배포까지.

무려 천만 원이라는 거금을 그냥 건네는 모습에 기가 찼다.

먹고 튀면 어쩌려고 저러지?

슬쩍 정현수의 표정을 보았지만 그의 표정은 변동이 없었다.

그저 아까의 치욕을 잊고 당당하게 정설아의 든든한 탱커로서 거듭나길 원하는 표정!

돈을 잃을까에 대한 걱정 따윈 조금도 보이지 않는다.

이것이 의미하는 바는 하나다.

'천만 원쯤은 훔쳐 가도 간에 기별이 가지 않는 부자!'

자연스럽게 살아온 인생에 보인다.

이런 사람 앞에선 훔쳐 갈 기분도 나지 않는다.

한시민이 고개를 저으며 걸음을 옮겼다.

어차피 훔칠 생각도 없었다.

'시작해 볼까.'

합법적으로 돈을 뜯어낼 모든 게 준비되어 있는데 뭐하러 훔쳐 가겠는가!

사고 이후 처음으로 한시민은 능력에 기대지 않고 운이라는 것을 시험해 보기로 했다.

2

한시민의 전 재산은 현재 58골드와 강화석 14개다.

현금으로 따지면 700만 원이 조금 넘는 금액!

고작 열흘 조금 넘게 플레이한 유저치고는 말도 안 되게 많은 돈을 벌었다.

거기다 게임은 극초반.

시간이 흘러 레벨이 올라가고 대륙의 주요 인사 중 한 명이 되어 흐르는 돈을 조금이라도 움켜쥔다면, 얼마를 벌 수 있을지는 상상도 되지 않는다.

특히 한시민은 유저들 사이에서만이 아니라 NPC들에게도 어깨를 펴고 말할 수 있는 특수한 직업을 가졌기에 그 이점은 더하다.

'이럴 때일수록 더 아껴야 해!'

하지만 한시민은 자만하지 않았다. 많은 돈을 벌었지만 어디까지나 밑천일 뿐이다. 특수한 직업이니만큼 그만한 돈을 투자해야 한다.

한시민 역시 자신의 아이템을 강화하거나 그것을 팔기 위해선 NPC에게서 강화석을 개당 1골드에 사야 하고 당분간은 이익을 바라지 않고 투자해야 하는 날들이 펼쳐질지도 모른다.

아니, 분명 그럴 것이다.

운이 좋아 게임에 돈 쓰는 것보다 캐릭터의 성장을 중요시하는 금수저들을 무더기로 만나게 되었지만 아니었다면 당장 성내에 돌아다니는 유저들의 99%는 한 번 강화에, 그것도 실패할지도 모르는 곳에 무려 10만 원이라는 돈을 쓰지 않을 테니까.

해서 마음을 더 굳게 먹었다.

지금 상황은 행운일 뿐이다. 그 행운을 잡느냐 놓치느냐는 어디까지나 한시민 본인의 행동에 달렸다.

"스승님, 강화석 30개 주세요."

"웬 강화석? 벌써 다 썼냐?"

"여기 30골드요."

그가 가진 강화석을 쓰고 골드를 챙겨도 된다. 하지만 그러지 않고 받은 100골드 안에서 처리하기로 했다.

"자."

"고마워요, 싸부."

칸은 그의 결연한 표정을 보며 아무 말 않고 강화석을 내주었고 한시민은 곧바로 강화소를 나섰다.

"시작할게요, 형님."

"……그놈의 형님은."

정현수가 인상을 찌푸리거나 말거나 성내를 돌아다닌다.

확률 100% 자리를 찾는 것도 아니고 10% 정도 높여주는 자리를 찾는 일이다.

멀리 나갈 필요도 없다. 몇 걸음 안 가 모루를 내려놓고 그대로 방패를 두들겼다.

팟!

레벨 제한 13인 강철 방패가 빛을 발했다.

굳이 10%의 추가 확률을 붙이지 않아도 칸처럼 지지리 운이 없는 날이 아니고서야 실패할 수가 없는 구간.

그 자리에서 곧바로 망치를 두들겼다.

2강, 3강, 4강까지.

4강에 도달하자마자 자리의 효능이 떨어졌다.

'그냥 할까?'

어차피 해도 모를 텐데.

잠시 고민했지만 이내 일어나 다시 자리를 찾아 나섰다. 100% 명당을 찾아 강화하지는 않더라도 양심은 팔고 싶지 않았다. 팔지 않아도 실패할 구간이 온다.

팟!

5강, 6강.

"15골드 깔게요."

"이거 왜 빛이 안 나냐?"

"빛은 8강부터 슬슬 나요."

"빨리 해, 그럼."

중간 정산과 함께 곧바로 자리를 옮겼다.

7강.

확률은 50%.
슬슬 실패가 눈에 띄는 구간.
여관 옥상 위에 올라간 한시민이 망치를 두들기기 시작했다.
'7강은 서비스다.'
10%가 아닌 20%의 추가 효과를 받는 자리.
70%의 확률의 망치가 경쾌한 소리와 함께 방패를 두들겼다.
그리고.
팅-

[강화를 실패했습니다.]
[단계가 '5'로 하락했습니다.]
[칭호 '최초의 실패'를 획득했습니다.]

"……."
강화 지옥이 시작됐다.

[강화를 실패했습니다.]
[강화를 실패했습니다.]
[강화에 성공했습니다.]
[강화에 성공했습니다.]
[강화에 성공했습니다.]
…….

강화 지옥!

강화하는 유저의 애간장을 닳게 만드는 헬게이트 오픈!

23개의 강화석이 빠르게 사라져 간다.

"15골드 남았어요."

16개의 강화석이 남았을 때쯤 한시민이 슬쩍 정현수의 표정을 보았다.

애가 닳을 수도 있을 법한 타이밍.

처음에야 쭉쭉 치고 올라갔지만 6-7강의 벽에 막혀 거의 40골드 이상을 소모했다. 성과가 있는 것도 아니고 그냥 땅에 돈을 뿌린 셈인데 인상이 찌푸려지지 않을 리가 없을 터.

'……아무렇지도 않네?'

하지만 정현수의 얼굴은 고요했다. 그냥 묵묵히 지켜볼 뿐.

그걸 보며 한시민은 깨달았다.

'생각보다 더 미친 부자다!'

한 번에 100골드라는 돈을 내밀면 그걸로 끝내고 싶게 마련이다. 한데 저런 표정이라는 것은 만약 원하는 강화 수치까지 도달하지 못한다면 추가적인 비용을 지불할 의향이 있다는 뜻!

돈보다 강화 수치를 중요시한다는 것이다.

'슬슬 올려볼까.'

한시민에겐 더없이 좋은 소식.

모루와 방패를 집어 든 그가 걸음을 옮기기 시작했다.

'딱 10강까지 가겠네.'

현재 7강이니 남은 15골드로 세 번 강화하면 받은 돈이 딱 떨어지고 강화 수치는 10이 된다.

세 번 역시 운에 맡기는 것도 나쁘지 않지만, 생판 모르는 남도 아니고 적당한 시기에 적당한 강화 수치를 만들어주는 게 다음을 위한 큰 그림을 그리는 것이라 판단했다.

계속되는 실패에 바닥난 마나가 찰 때까지 기다리는 귀찮음과 옮겨 다니며 명당을 찾기 위해 소모되는 정신력으로 피곤해진 이유도 한몫했다.

"이번엔 좀 멀리 가네?"

"성내에 있는 명당은 거의 다 써서 나가야 해요."

성공을 위해 성 밖 사냥터에서 망치를 두들긴다.

팟!

8강을 달성한 방패를 들고 또다시 움직인다.

그를 자극하는 수많은 감각 중 가장 가까운 장소를 찾는 것이 한시민이 절대 강화를 이용하는 방법.

아직까지 강화하는 아이템의 레벨 제한이 낮고, 등급도 노말이라 여기저기 많은 명당이 느껴진다.

'나중엔 진짜 대륙이라도 횡단해야 할지도 모르겠네.'

그 명당들이 한 단계씩 강화 수치가 올라갈 때마다 줄어들고 12강에 들어서면 가까이서 느껴지는 명당의 개수는 손가락에 꼽을 정도로 적어진다.

당연히 아이템의 질이 올라가면 그 아이템을 고강화하기

위한 여정도 험난해지겠지.

한숨이 절로 나왔지만 나중의 일은 나중에 생각하기로 했다.

탕! 탕!

[강화에 성공했습니다.]

어쨌든 그날이 온다면 그때의 한시민도 지금처럼 쥐뿔도 없는 레벨 5가 아닐 것이다. 이렇게 벌어들이는 골드로 더 많은 아이템을 강화해 걸치고 있을 테니.

[강화에 성공했습니다.]

"형님, 10강 했습니다."

짙은 순백의 빛이 흘러나오는 방패를 건넨다.

남은 13개의 강화석 역시 함께였다.

마음 같아선 이것들까지 먹고 싶지만 첫술에 배부르려 하면 화가 닥치게 마련!

'완급 조절 하자, 시민아. 호갱님 어디 안 가신다.'

이제 막 강화라는 마약에 입문했을 뿐이다. 처음부터 감히 상상도 하지 못할 엄청난 방패를 쥐어주기보단 여지를 남겨두는 게 중요하다.

"뭐야, 이건 오라 효과가 없잖아?"

방패를 확인한 정현수가 인상을 찌푸렸다. 안 그래도 험악한 인상이 더 험악해졌다.

하지만 이미 그의 성격에 대해 대충이나마 파악하고 있는 한시민은 쫄지 않고 말했다.

"오라 효과는 12강부터 있어요. 그런데 12강 가기엔 주신 돈도 다 떨어졌고 확률도 낮아서……."

"흠, 얼마나 더 필요한데?"

"글쎄요. 설아 씨 같은 경우엔 운이 좋아 한 번에 갔지만 사실 1강에서 10강 가는 것보다 10강에서 12강 가는 게 더 힘들 수도 있어요. 여기서부턴 파괴 확률도 무시할 수가 없어서……."

"쓸데없이 돈이 많이 드네."

"일단 써보시다가 나중에 필요하시면 또 찾아오세요."

"……알았어. 괜한 데다 돈을 더 쓸 순 없으니."

다행히 강화된 방패의 옵션이 마음에 드는지 더 이상의 불만은 터뜨리지 않고 방패를 챙겼다.

열정이 가득한 자라면 오히려 끝을 보겠다고 덤벼들어도 이상하지 않지만 정현수는 자신을 절제할 줄 아는 남자였다.

"그럼 파이팅 하세요, 형님! 이제 설아 씨를 든든하게 지켜주실 수 있으실 거예요."

"원래부터 잘 지켰다."

거대한 덩치의 등을 보며 한시민이 손을 흔들어주었다. 첫인상은 괴팍했지만 지금은 친형과도 같은 친근감이 느껴졌다.

'미친. 1시간에 100골드라니.'

친근감은 그가 지갑을 든든하게 채워준 것에서부터 왔다.

전 재산이 158골드가 됐단 사실에 뿌듯해하며 한시민도 걸음을 옮겼다. 강화를 부탁하기 전까진 정설아와 따로 행동하기로 했기에 강화소로 향했다.

'15강 가야지.'

어차피 그들과 한시민의 게임 진행 방식은 차이가 있고 레벨 역시 그들을 따라갈 수 있는 수준이 아니다.

한시민이 한시민의 방식으로 게임을 즐기기 위해 단검을 꺼내 들었다.

3

"스승님!"

"왜."

"제자, 15강에 도전하기로 했습니다."

"미친놈."

"비록 머나먼 여정이겠지만! 꼭 성공하고 돌아오겠습니다."

"그러든지 말든지."

대륙의 다섯뿐인 레전더리 직업.

당연히 NPC들도 알고 있다.

한시민은 칸에게 자신이 그중 하나로 전직했다는 것을 말했고 칸은 전설의 레전드 강화사라는 칭호를 가졌던 자가 현재 대륙에 존재하는 일곱 개의 강화 가문의 시초가 된 영웅이라고 알려주었다.

덤덤하게 얘기했지만 한시민의 놀라움은 상당했다.

대충 만들어낸 이름인 줄 알았는데 나름의 역사가 있다니!

베타고는 이런 상황까지도 예측했단 말인가?

'그럴 리가.'

소름 돋았지만 비약하지는 않았다. 급조해서 만들고 NPC들에게 새로운 역사를 주입했을 수도 있다.

어느 쪽이든 관심 없다. 중요한 건 15강을 도전하러 떠난다는 것이다.

"그래서 말인데 여비 좀 챙겨주세요."

"내가 왜?"

"칸 가문의 무궁한 영광을 위해 일하는 거니까요."

"네 무기 15강 하는 게 우리 가문이랑 무슨 상관이냐."

"다른 여섯 개의 가문 앞에서 우쭐댈 수 있잖아요."

"필요 없다."

"아니! 왜요! 말단 사원한테 임금도 안 주는 회사가 어디 있습니까!"

"원래 가문에 들어온 외인은 매달 상납해야 하는 돈이 있는데 그걸 따지길 원한다면 어디 한번 더 따져 봐라."

"부디 몸조심하고 계세요. 제자 떠납니다."

안 그래도 나갈 돈만 생각하면 머리가 아프다.

100골드가 넘는 돈을 가지고 있다고 해도 강화 몇 번이면 사그라질 돈!

게다가 홀로 여기저기 다니려면 지금 입고 있는 방어구로는 턱도 없다.

'가죽 방어구 정도는 사야겠지.'

정설아처럼 맞지 않고 싸울 만큼 컨트롤이 좋은 것도 아니니 제 몸 하나 지키려면 든든한 방어구 정도는 갖춰야 한다.

지금이야 10레벨 미만이니 돌아다니다 죽어도 금방 부활하지만 10레벨을 달성하는 순간 경험치가 사라지는 것은 물론이고 무려 48시간이라는 접속 불가 페널티까지 받게 된다.

등골 빠질 것만 생각하니 한숨이 절로 나왔다.

"기다려."

"네?"

그래도 쓸 땐 써야 한다는 마인드로 나서려는 한시민을 칸이 불러 세웠다.

뒤를 돌아보자 그가 무언가를 던졌다.

"잉?"

무심결에 받은 한시민이 무엇인지 확인하고는 다시 칸을 본다.

"이게 웬 가죽 주머니예요? 저도 갖고 있는데."

골드를 넣는 가죽 주머니보다는 조금 크지만 쓰던 게 있는데 굳이 주는 이유가 무엇이란 말인가!

차라리 골드나 조금 챙겨줄 것이지.

"헛소리하지 말고 확인이나 해봐라."

"……?"

툴툴대는 그에게 칸이 혀를 차며 말했다.

아이템 정보를 확인하자 두 눈이 크게 뜨였다.

[쓸 만한 중급 마법 주머니]

* 등급: Rare

* 옵션 1: 공간 확장 마법 적용(1×1×1)

* 옵션 2: 각인의 인장 적용

"이, 이건!"

마법 주머니라니! 유저에게 빌어먹을 정도로 불친절한 판타스틱 월드에서 인벤토리를 대체할 아이템이라니!

감격이 눈동자에 가득 담겨 칸에게 향했다.

"큼, 그래도 명색이 우리 가문 강화사인데 거지새끼처럼 모루를 들고 다니게 할 순 없지."

"스승님……."

다 좋은데 거지새끼는 뭡니까.

살짝 미간이 꿈틀거렸지만 그보다 손에 잡힌 마법 주머니의 감동이 더 컸다.

작은 가죽 주머니에 담긴 감동에 몸이 떨렸다.

"이거 100골드 달라 해서 못 샀었는데……."

내부에 부피 1m를 채워 넣을 수 있는 마법 주머니가 무려 100골드다. 유저들에게 현실감을 충분히 느끼며 열심히 개고생하라는 의미!

그뿐 아니라 칸에게 받은 마법 주머니엔 각인의 인장까지 적용되어 있다.

우웅-

사용법이야 이미 마법 주머니를 알아보며 익힌 상태!

[각인이 완료됐습니다.]

"으하하하하!"

이제 찢길지언정 한시민의 마나가 주입되지 않으면 내용물을 꺼낼 수 없는 마법 주머니를 쥐며 웃었다.

"실없이 웃지 말고 꺼져라."

"스승님! 만수무강하시옵소서!"

피식 웃으며 욕하는 칸에게 큰절을 올렸다. 15강을 위해 잠시 떠나는 것뿐이지만 150골드의 가치를 가지고 있는 가죽 주머니를 받았는데 이 정도 성의는 보여야 하는 법!

허름한 모루와 망치를 냅다 집어넣고 허리춤에 맨 한시민이 외쳤다.

"금방 돌아올게요!"

왠지 칸의 가호를 받아 15강까지 별다른 고생 없이 쉽게 갈 수 있을 것만 같은 기분이 들었다.

'한 이틀이면 되려나?'

김칫국을 사발째로 들이마신 뒤 가벼운 발걸음으로 하란 성을 나섰다.

4

"모험가들이 나타나기 시작했고 평화롭던 대륙은 다시 혼란에 빠지겠지. 하나 신의 가호를 받는 자로서 이제 막 발걸음을 뗀 모험가들에게 그 책임을 떠넘길 수는 없는 법. 그대들을 지켜주는 게 당연하나 그대들을 보니 모험가임에도 전쟁에 참여할 최소한의 자격은 갖춘 것 같군. 이 반지를 끼고 전쟁에 참여해 주게나."

['전쟁의 서막'을 수락했습니다.]

북극곰을 잡은 뒤 퀘스트를 완료하고 첫 번째 메인 시나리오 퀘스트의 가닥을 잡은 정설아는 강화한 아이템을 바탕으로 숲 속에서 몬스터들을 빠르게 사냥하며 레벨을 올리고 있었다.

남들보다 빨리 메인 시나리오 퀘스트를 깨고 앞서 나가고 싶다면 시간이 날 때마다 열심히 레벨을 올려야 했다.

"하앗!"

쾅!

"설아야! 어때? 오빠 탱킹 잘하고 있지?"

"……."

당연히 그 과정은 팀원들과 함께였다.

짙은 순백의 빛을 뿜어내는 방패를 들고 적절하게 탱킹 하는 정현수와 작은 루비 수정이 박힌 지팡이를 들고 치유 마법을 사용하는 강예슬, 그리고 마법사로 전직한 정설아까지.

돈과 실력을 바탕으로 이들은 전직 이후 훨씬 빠른 레벨 업 속도를 자랑했다.

푹-

[레벨이 올랐습니다.]

어느덧 16레벨.

불과 이틀 전 전직한 것을 생각해 보면 말도 안 되는 속도!

랭킹 정보를 열면 바로 보이는 첫 번째 페이지의 50명 안에 든 지 오래다.

"쳇, 뭐야. 둘이서 아주 날아다니네."

그렇게 될 수 있던 일등공신은 다름 아닌 강화된 아이템임을 깨달은 강예슬이 툴툴댔다.

그녀는 전투 스킬이라곤 하나도 없는 힐러지만 멋진 오라를 뿜어대는 둘의 모습은 부러웠다. 특히 돈 하면 둘에 뒤지지 않는 강예슬이기에 부러움은 더했다.

“나도 강화할래!”

그런 그녀가 며칠을 더 버티다 선언했다.

순백의 신관복을 입고 고급스러운 지팡이를 든 강예슬을 막는 사람은 없었다.

지금껏 살며 갖고 싶은 게 생기면 바로 가져온 그녀이다. 망설일 것 없이 곧바로 한시민에게 일대일 대화를 신청했다.

잠시 신호음이 가더니 이내 연결된 듯 주변의 소음이 들려왔다.

그러면 그렇지!

강예슬이 회심의 미소를 지으며 최대한 애교 섞인 목소리를 장전했다.

“옵빠!”

그런 그녀에게 들려온 건 한마디였다.

–아씨, 누구야! 으아아악!

띠–

“……여보세요? 오빠? 저기요?”

현실을 부정하던 강예슬이 이내 무슨 상황인지 파악했다.

"끊은 거야?"

애교 때문에?

들려온 한시민의 비명 같은 건 기억나지도 않았다.

"나한테 이런 남자는 처음이야……."

강예슬이 허탈하게 중얼거렸다.

옆에서 보던 정설아가 고개를 저었다.

"또 시작이네."

5

"아……."

좁은 원룸 안, 지나다닐 통로도, 공간도 없어 침대 위에서 컵라면을 한 젓가락 하는 한시민의 입에서 한숨이 새어 나왔다.

"하아."

한 번.

"하아아."

또 한 번.

계속되는 한숨은 컵라면이 비워질 때까지 계속되었다.

"으아아아아아악!"

아니, 깨끗이 비워진 뒤에도 계속됐다.

"아니! 대체! 왜! 무엇 때문에!"

그리고 자책이 시작됐다.

고난과 고찰! 사람이 발전하는 과정임을 증명해 주는 좋은 현상!

하나 그 과정에선 언제나 대가가 따른다.

“이런 스벌탱!”

한시민이 치른 대가는 돈이다.

문제 될 것은 없다. 방어력도 없는 천 쪼가리나 걸치던 과거를 잊고 푸른 오라가 도는 가죽 방어구들을 입게 되었고, 돌아다닐 때마다 유저들의 부러운 눈길이 절로 붙게 되는 옵션까지 얻었으니까.

레벨의 부족함은 빵빵한 스펙을 앞세워 채우면 되고 단검 강화를 위해 떠나기만 하면 된다.

강화소를 떠나며 계획했고 결제 또한 그의 의지로 했으니 불평할 자격조차 없다.

“인생이란 무엇인가!”

그럼에도 사라져 버린 골드들을 보면 허탈하고 허무하다. 뼈 빠지게 돈 벌어서 뭐하나 싶기도 하고 내가 정말 돈을 벌긴 벌었던 것일까 의문이 들기도 한다.

일장춘몽!

한순간의 꿈이었던 걸까.

“나가서 삼겹살 좀 먹으려고 했는데.”

삼겹살은 개뿔 당분간은 라면만 먹어야 할 신세다.

“남은 골드가…….”

158골드는 가죽 방어구들을 구입하고 모두 +11강으로 만들고 나니 18골드가 되어 있는데 어디 감히 삼겹살을 꿈꾸겠는가!

남은 골드라도 환전한다면 내야 할 돈을 내고 한 달 정도는 배고프지 않게 살 수 있겠지만 그랬다간 캐릭터가 굶어 죽게 되겠지.

"아, 속 쓰려."

속으로 들어간 라면이 소화되지 않는다.

침대에 누워 눈을 감아도 잠이 오지 않는다.

자꾸만 생각나고 손이 떨려왔다.

"으악!"

결국 자리를 박차고 일어났다.

"내 지갑에 잠이 오냐!"

오랜만에 휴식을 취하던 캡슐에 전원이 공급됐다.

침대 대신 캡슐에 누운 그가 판타스틱 월드 공식 아이템 거래 사이트에 접속했다.

"하란 성."

그러곤 글을 작성하기 시작했다.

판매할 아이템은 레어 등급 반지!

정설아에게 받은, 옵션으로 힘이 3 붙어 있는 반지를 200만 원에 올려 버렸다.

'살 사람은 사겠지.'

한시민이라면 고작 스탯 3 올려주는 아이템을 200만 원씩이나 주고 산다는 정신 나간 생각은 하지 않는다.

하지만 이미 그런 정신 나간 부류를 셋이나 만나 보았기에 혹시나 하는 마음으로 올렸다.

'200이면 판타스틱 월드 돈으로 20골드밖에 안 되니까.'

그 역시 살짝 무뎌지기도 했고.

"판타스틱 월드 접속."

아이템을 올리고는 망설임 없이 두 눈을 감았다.

30분 동안 현실에 접속했던 한시민이 로그아웃했다.

요 며칠 한시민은 숲을 누볐다.

단검 강화를 위한 준비 기간!

방어구가 든든해야 무기가 산다.

마음 같아선 모두 13강까지 올리고 싶었지만 그러기엔 레벨이 걸렸고 시간도 아까웠으며 13강 성공 공지가 연속으로 유저들에게 알려져 봐야 좋을 게 하나도 없다는 판단이었다.

"레벨을 좀 올려야겠어."

그런 그가 본격적으로 움직이기 시작했다.

"와, 저 사람 봐."

"미쳤다. 무슨 이펙트가 저래?"

"버그야? 운영자인가?"

"이 게임에 운영자가 어디 있어. 인공지능이 운영하는데."

유저들의 감탄이 뒤따랐다.

황금빛 무기에 푸른빛 방어구들!

어깨가 절로 으쓱해진다. 그것들이 조금이나마 꿀꿀해진 기분을 풀어주었다.

"후후후."

남은 찌꺼기를 털어버리기 위해 숲 쪽으로 향했다.

토끼들이 자유롭게 뛰어노는 평화로운 평야!

그곳에 재앙이 들이닥쳤다.

푹-

"뀨우!"

퍽!

"후훗."

혼돈의 카오스!

레벨 5 주제에 토끼에게 홀로 맞서 싸우는 것도 모자라 가만히 서서 달려드는 토끼의 공격을 모두 허용한다.

그리고 간간히 찔러 넣는 황금빛 단검에 죽어 나가는 토끼들은 몬스터임에도 불구하고 불쌍하게 느껴질 정도!

'그냥 죽여라.'

'……사이코가 분명해.'

진귀한 구경을 하는 유저들도 고개를 저었다.

그들의 눈에 한시민은 고레벨 랭커다. 그게 아니라면 저런 방어력과 공격력은 말도 안 되니까. 당연히 초보자를 벗어나기 위해 마련된 토끼를 학살하는 모습이 이상할 수밖에.

[레벨이 올랐습니다.]

"후우."

물론 한시민은 불쾌한 시선들 따윈 전혀 개의치 않았다.

빌어먹을 필요 경험치 두 배를 채우기 해서는 한 번이라도 단검을 더 휘둘러야 하는데 남의 시선까지 신경 쓸 겨를이 어디 있겠는가!

그렇게 한참을 더 사냥하던 한시민이 나타나지 않는 홀로그램에 움직임을 멈췄다.

"이런 젠장……."

레벨 6인데 왜 이렇게 업이 안 돼! 아무리 판타스틱 월드가 레벨 업에 극악의 난이도를 자랑하고 거기에 200% 필요 경험치 페널티를 먹고 있다 해도! 이렇게 아이템빨을 세워 사냥하는데. 어쩔 수 없이 특단의 대책을 써야 하나.

한숨을 내쉬며 캐릭터 정보창을 열었다.

[캐릭터 정보]

* 이름: 시민

* 직업: 전설의 레전드 강화사
* 보조 직업: X
* 칭호: 4개
* 레벨: 6(필요 경험치+200%)
* 스탯(25): 힘(10+25) 민첩(10+25) 체력(10+25) 행운(153+25) 마력(10+25)
* 스킬: 강화(F), 절대 강화(SS)

"스탯 포인트를 쓸 때가 왔군."

아껴둔 이유는 별거 없다. 굳이 찍지 않아도 됐기 때문이다. 단검에 붙은 스탯들 덕에 굳이 찍지 않아도 초보자 존에서 맞고 다니지 않을 정도는 되었으니까.

게다가 100이 넘는 행운 스탯은 쓸데가 없다는 게 유일한 단점일 뿐 보는 한시민의 마음은 든든하게 만들어주었다.

"어디에 찍을까."

25개의 스탯 포인트를 두고 고민에 빠졌다.

강화사라는 직업을 생각해 보면 행운에 찍는 게 맞는 것 같지만 한시민의 특수성을 생각해 보면 행운 스탯 자체가 필요 없는 상황이다.

그렇다면 고려해야 할 것이 보조 직업인데 그 역시 아직 마땅한 직업을 정하지 못했다.

"흠."

잠깐의 고민 끝에 결정을 내렸다.

"민첩 15, 체력 10."

마력도 끌렸지만 냉정하게 판단해 마력은 행운 다음으로 쓰잘머리 없는 스탯이다.

강화를 실패하면 마나가 소모되지만 웬만하면 실패할 일이 없다. 돈을 벌기 위해 대리 강화를 하다 실패해서 소모되는 마나 정도는 아이템으로 커버하면 된다.

보조 직업으로 관련 직업을 얻는다면 말은 달라지겠지만…….

'보조 직업은 적어도 강화에 도움이 되는 걸로 얻어야지.'

이왕 시작한 거 한 길만 판다!

그리고 강화에 도움이 되는 직업은 마력 스탯이 필요하지 않을 것이다.

해서 열심히 뛰어다니고 몬스터들을 피해 다니기 위해 민첩과 체력을 올렸다.

당장 숲에도 들어가야 하지 않은가!

"가 볼까."

단검의 14강을 위해.

죽어 나간 토끼들이 흘린 토끼 고기를 알뜰하게 챙기며 숲을 향했다.

하란 성 주위의 길은 잘 뚫려 있다. 성 자체가 왕국의 특별시처럼 거대한 만큼 다른 성으로 이동하기 편해야 하니까.

유저들이 숲이라 칭하며 몬스터들을 사냥하는 곳은 그런 대로변 외의 공간들이다.

다양한 몬스터가 서식하고 깊숙이 들어가면 길을 찾아 나오기도 힘들 만큼 넓은 생태계!

당연히 게임다운 장치도 많이 마련되어 있다.

그중 하나가 한시민이 이미 겪은 네임드 몬스터고 또 하나가 바로 던전!

"……헉헉, 여기 맞나? 젠장. 갑자기 연락하고 있어."

날아오는 독침을 피해가며 도망치는 것도 숨이 찬데 갑자기 1:1 대화까지 걸려와 정말 죽을 뻔했다.

어떻게 운이 좋아 고블린들을 따돌리고 14강을 위한 명당을 찾아냈지만 다시 생각해 봐도 심장이 떨릴 정도로 급박했다.

한두 마리도 아니고 일곱 마리의 고블린이 죽어라 쫓아오던 그 모습이란.

고개가 절로 저어진다. 동시에 대화를 걸었던 강예슬에게 속으로 욕했다.

그리고 주위를 둘러봤다.

지도를 무려 15골드나 주고 구입할 엄두가 나지 않아 여기가 어딘지는 커뮤니티에서 얻은 정보들로 유추해야 하지만, 고블린을 만났다는 건 적어도 20레벨 몬스터들이 나타나는 영역이라는 뜻!

강렬하게 느낌이 오는 던전의 입구를 보며 망설임이 일었다.

'들어가야 하나?'

오래되고 굵은 나무의 구멍일 뿐이다. 그냥 지나치면 던전의 입구라는 걸 알아챌 수 없을 정도로 자연스럽기까지 하다. 하나 유저라면 던전임을 알 수 있을 만큼 인위적이다.

강화하기 위해 몸을 넣으면 던전 내부로 이동하겠지.

'뒤질 것 같은데…….'

망설이는 이유는 던전이라는 것 하나뿐이다.

죽는 건 두렵지 않다. 아직 레벨이 6이니까.

하나 들어가면 지금처럼 몬스터에게서 도망 다녀야 한다. 그 말은 강화할 수 없다는 뜻.

정신 집중하고 14강이 요구하는 특별한 자세까지 취해야 할지도 모르는데 몬스터에게 맞는 걸 감수한다? 토끼도 아닌 20레벨 영역에 생성된 던전에서?

지금까지 달려온 시간의 낭비로 이어지리라.

"아, 씨."

어떻게 하지? 다른 명당 찾을까?

신중한 고민이 필요하다.

여기서 다른 명당을 찾아 이동하며 걸리는 시간과 죽기 살기로 한번 도전해 보고 죽어 이동하는 시간이랑 어느 쪽이 효율적일까.

"응?"

고민하던 한시민이 문득 위화감을 느꼈다.

"어차피 다른 명당 가려면 죽어서 가나 여기서 가나……."

비슷하지 않나?

아마 비슷할 거다.

1레벨 초보자용 단검이라 해도 무려 13강이니까.

주어지는 명당의 개수는 많지 않다.

"에, 모르겠다."

결정의 순간에 고블린에게 쫓겨 뛰느니 그냥 성에서 다시 반대쪽으로 뛰는 편이 낫다는 생각이 한시민의 몸을 움직이게 만들었다.

[던전에 입장했습니다.]

[입장 인원 제한 던전입니다.(5/10)]

"……응?"

홀로그램에 의아함을 느낄 틈도 없이 시야가 점멸했다.

6

판타스틱 월드의 레벨 랭킹은 정직하다.

운이 차지하는 비중은 아주 적고 엄청난 플레이 시간만이 레벨을 올릴 유일한 방법!

그렇게 걸러진 유저들은 네 자릿수 이하의 랭킹을 부여받기 위해선 돈을 써야 한다. 전형적인 RPG 게임이면서 현실감이 넘쳐흐르기 때문.

그러나 좋은 방어구와 무기를 끼면 사냥이 빨라지고 레벨을 더 쉽게 올릴 수 있다.

그런 유저들이 무리를 지으면 더욱 사냥이 가속화되고, 보다 많은 돈을 써 15레벨을 찍자마자 신전에서 힐러로 전직하면 사냥 지속력마저 갖추게 된다.

최상위권, 그러니까 두 자릿수 이하의 랭킹 숫자를 갖고 있는 유저들은 거기에 컨트롤 실력까지 갖추었다.

부족한 스탯을 아이템과 팀워크, 직업의 상성으로 극복하며 보다 강한 몬스터를 잡는다.

이 작은 스노우 볼들은 유저들의 순위를 가른다.

"피해!"

"힐 줘!"

현재 고블린의 지하 던전에 들어와 있는 존슨 팀 역시 마찬가지다. 네 명으로 이루어진 파티는 전부 레벨 17이지만 20레벨의 몬스터들이 나오는 던전에 입장해 싸우고 있다.

던전의 난이도를 더해 대충 22레벨 정도의 사냥터라 봐도 무방함에도 차분하게 전진하는 모습에서 보이는 노련함!

그들은 어느덧 던전의 마지막에 도착해 있었다.

"존슨! 보스야!"

"조심해. 네임드일 가능성이 높아!"

"이런, 부하도 셋 있어."

"이길 수 있어! 집중해!"

후퇴는 있을지언정 패배는 없다!

던전 공략의 끝을 승리로 장식하기 위한 이들의 마지막 싸움은 처절했다.

부하 고블린들을 먼저 처리하고 어그로를 돌려가며 네임드 고블린을 잡는다!

그 와중에 실수로 고블린의 독침을 피하지 못한 마법사가 로그아웃당했다.

"……."

깊은 침묵이 내려앉았다. 죽음은 곧 퇴보다. 어느 정도 승리가 보이긴 했지만 이들의 표정은 굳어 있었다.

"실례합니다."

그런 침묵을 깨는 목소리가 어디선가 들려왔다.

"……?"

"……?"

시선이 절로 돌아갔다.

그곳엔 화려하기 그지없는 오라를 뿜어내는 한 남자가 서 있었다.

“아! 전 신경 쓰지 말고 하던 일 하세요. 볼일만 금방 보고 갈게요.”

그의 손엔 눈이 부실 정도로 번쩍이는 황금빛 단검과 낡은 모루가 들려 있었다.

눈앞이 밝아졌을 때, 그럼에도 던전 내부의 음침함으로 이곳이 밀폐된 공간임을 깨달은 순간 한시민은 두려움보다 설렘을 느꼈다.

“내가 잘못 본 게 아니겠지?”

잘못 봤을 리 없다.

여전히 눈앞을 가린 홀로그램이 말해주고 있었다.

[입장 인원 제한 던전입니다.(5/10)]

필드를 돌아다니다 던전을 발견할 수 있다는 사실 정도는 알고 있었지만 입장 인원이 제한된 던전이 있다는 사실은 몰랐다. 정보도 없을뿐더러 관심을 끌 만한 내용도 아니었으니까.

지금도 마찬가지다. 어차피 던전에서 사냥할 마음 따위는 조금도 없는 그에게 몇 명까지 들어올 수 있는지는 그리 신경 쓸 문제가 아니다. 다만 그 뒤에 붙은 숫자가 호기심을 끌었다.

'다섯 명?'

총 열 명까지 입장해 던전을 공략할 수 있고 현재 다섯 명이 채워져 있다.

이것이 무엇을 의미하는지 파악하는 덴 오랜 시간이 걸리지 않았다. 게임을 조금이라도 해봤다면 누구나 알 수 있는 해답이니까!

'……나보다 먼저 들어와 있는 네 놈이 있다?'

너무 쉬운 정답이라 오히려 얼떨떨하다. 그리고 믿기지 않는다.

'이 넓은 필드에서? 이 던전에? 그것도 지금?'

유저들이 바글거리는 평야였다면 그러려니 할 수도 있다. 하나 여긴 한참을 걸어 들어온 숲 속이다. 그런 숲에서도 무려 고블린이 뛰어노는 20레벨 필드. 그곳의 던전이다.

"허어."

절로 감탄이 나왔다.

이런 우연이! 그리고 이런 행운이!

"하느님, 부처님, 알라님. 사랑합니다."

믿지도 않는 신들을 한 번씩 부르며 내려가지 않는 광대를 세운 채 전진했다.

한시민이 서 있는 공간을 기준으로 고요한 침묵이 흘러내리는 것으로 보아 먼저 들어온 유저들은 이미 한참을 전진했을지도 모른다.

던전이니만큼 몬스터가 리젠되는 일도 없을 테고 남은 건 던전 내부 어딘가에 있는 명당을 유유자적하게 찾으면 되는 일!

"아! 전 신경 쓰지 말고 하던 일 하세요. 볼일만 금방 보고 갈게요."

"……."

이게 한시민이 보스를 잡고 있는 존슨 파티와 마주하게 된 계기였다. 뭐, 딱히 계기랄 것도 없지만.

"누, 누구냐!"

"그냥 지나가던 시민이요."

"……."

덩치가 두 배는 큰 보스 고블린과의 전투가 거의 끝난 시점에 등장한 한시민은 셋밖에 남지 않은 존슨 일행을 당황시키기 충분했다.

그 당황이 처음 보는 유저에게 반말을 내뱉게 만든 원인이었다.

'저놈은 뭐지?'

'어떻게 여기 있지?'

당연한 의문이다. 필드면 몰라도 여긴 던전이니까.

그들조차 입구를 힘겹게 찾지 않았던가!

의문은 곧 의심이 되었다.

'혹시 뒤를 쫓았나?'

'아이템이 범상치 않은데.'

'강화 이펙트는 처음 보는군.'

한시민의 레벨이 고작 6이라는 걸 알았다면 이렇게까지 경계하진 않았을 것이다.

하지만 판타스틱 월드에서 상대방의 레벨을 가늠할 수 있는 척도는 오직 착용하고 있는 아이템뿐이니 그들의 입장에선 20레벨 필드를 돌아다니는 한시민의 번쩍번쩍한 방어구와 무기를 경계할 수밖에 없는 노릇!

'레벨 랭킹 1위가 18인데…….'

'혹시 저놈?'

'여기서 뒤를 치면 위험하다.'

묘한 대치가 형성됐다.

그러거나 말거나 한시민은 슬쩍 보스 고블린에게로 다가갔다.

"멈춰!"

"움직이면 쏜…… 아니! 죽인다!"

"역시 뒤치기였나!"

다급한 목소리들이 한시민을 붙잡았다.

"아니, 난 얘한테 관심 없다고요."

한시민이 어깨를 으쓱였다. 관심이 아예 없다면 거짓말이겠지만 그래도 처음 보는 사람들과 얼굴을 붉히고 싶지는 않았다.

'14강부터.'

슬쩍 뒤치기 하는 것도 나쁜 방법은 아니지만 그랬다가 실패하면 오히려 저들에게 죽고 한참의 시간을 다시 명당 찾는데 써야 하니까.

죽음을 각오하고 들어온 던전에서 찾아온 행운을 발로 차서야 되겠는가!

오늘만큼은 착한 마음으로 살기로 했다.

"멈추라고!"

"볼일 본다면서 왜 그리로 가는 거지! 역시 목적은 그거였나!"

"……얘가 서 있는 자리에서 봐야 할 볼일이어서요."

"닥쳐라! 이 뒤치기범!"

"역시 동양인은 믿을 게 못 돼!"

존슨 일행이 허겁지겁 달려왔다.

"키엑!"

덕분에 짧은 시간이지만 휴식을 취한 보스 고블린이 그들을 막아섰다.

거리로 따지면 한시민이 더 가까이 있지만 지금까지 싸우며 먹은 어그로는 다행히 한시민에게 보스 고블린의 시선이 가는 걸 막아주었다.

"그럼 화이팅!"

"키에엑!"

"이런!"

보스를 죽이면 뒤치기 당할 수도 있다!

그렇다고 다른 방법을 찾자니 화난 보스 고블린의 공격도 만만치 않다.

어쩔 수 없이 전투를 치르는 이들을 보며 안도의 한숨을 내쉬었다.

"휴."

이왕이면 텅 빈 던전이었으면 좋았을 텐데. 괜히 쓰레기로 찍힐 뻔했네.

그래도 혹시 모르니 마법 주머니에서 모루를 꺼내 단검을 올렸다.

'빨리 끝내야지.'

14강만 하면 죽어도 여한이 없다.

14강!

이미 15강도 해본 경험이 있지만 판타스틱 월드에서의 고강화는 감회가 남달랐다.

확률 자체만으로 보면 더 월드 15강과 비슷한 확률!

침이 절로 삼켜졌다.

'더 월드에선 그 지랄을 하고 70%였지.'

70%는 결코 높은 확률이 아니다. 실패하면 무조건 터지거나 하락한다는 점을 생각하면 손이 떨릴 정도다.

"후우."

싸우는 소리와 욕설이 난무하는 전장에서 두 눈을 감고 집중한다.

14강!

성공하겠다!

느낌이 온다.

명당이야 이미 잡았으니 남은 건 망치질!

하나 새로운 감각이 망치를 쥔 그를 간질인다.

"……."

익숙한 그 느낌.

"이런 시벌."

절로 욕이 나온다.

시선이 슬쩍 돌아간다.

지친 모습으로 싸우는 세 사람과 상처투성이가 된 채 엄청난 힘을 자랑하는 보스 고블린!

싸우면서도 그를 경계하는 것인지 힐끔거리는 셋은 언제 죽어도 이상하지 않을 정도로 밀리고 있었다.

"하아."

저런 이들에게 미안할 짓을 해야 하다니.

고개가 절로 저어졌다.

하나 부끄러움 따윈 없다. 14강을 위해서라면 하란 성 광장에서 옷 벗고 춤이라도 출 수 있다.

어차피 여긴 게임이니까!

푹–

"으악! 젠장!"

"안 돼!"

힐러로 보이는 유저가 보스 고블린의 손톱에 찔리는 모습을 보며 한시민이 그대로 구르기 시작했다.

한 번, 두 번, 세 번.

구르며 작은 공동을 이동한다.

"뭐, 뭐 하는 거야!"

"미친 새끼! 우릴 놀리는 거냐!"

당연히 존슨 일행이 화를 냈다. 하지만 해코지할 여력은 없었다. 그럴 여유가 있었다면 이미 그들은 보스 고블린을 마무리했을 것이다.

다 잡은 승리를 놓친 이유도 보스 고블린에게 잠깐의 시간을 줌과 더불어 싸우면서 계속 한시민을 경계했기 때문.

"으아악!"

결국 흐름을 놓친 셋이 버티다 체력이 가장 낮은 힐러가 먼저 로그아웃당해 버렸다.

게임 오버.

존슨은 본능적으로 느꼈다.

원망의 시선이 데굴데굴 한 바퀴 굴러 다시 모루에 도착한 한시민에게 향했다.

"이 개자식아! 우리한테 왜 이래!"

"내가 뭘요?"

한시민은 시선도 주지 않고 태연하게 대꾸하며 이번엔 물구나무를 서더니 그대로 팔굽혀펴기를 시작했다.

"후, 먹고살기 힘드네."

"……."

그러더니 망치를 쥐고 장소에 어울리지 않게 모루 위에 놓인 단검을 두드렸다.

한 치의 망설임도 없이.

가볍게.

그리고 경쾌하게.

땅땅! 땅땅! 땅, 따다, 땅땅!

"네 박자 속에~"

미국인인 존슨은 무슨 말인지 이해하지 못했지만 적어도 당장 죽게 생긴 그의 기분을 살살 긁는 리듬이라는 것쯤은 알았다.

"이, 이 개자식!"

그러거나 말거나 망치질은 계속되었고 그사이 남은 한 명 역시 보스 고블린의 손에 죽어버렸다.

그와 함께.

팟-

"……!"

찬란하기 그지없는, 죽음을 앞두고 온 힘을 이끌어 내 광분 상태에 빠진 보스 고블린마저 잠시 뒤를 돌아보게 만들 만큼 화려한 오라가 한시민의 망치에서 뿜어져 나왔다.

'아름답다.'

존슨마저도 이런 감정을 느낄 정도!

숲을 연상시키는 짙은 연둣빛 오라!

안 그래도 밀폐된 공간을 무섭게 집어삼켰다.

그리고.

['시민' 님께서 '+14 초보자용 하급 단검' 강화에 성공했습니다!]

"으하하하하!"

한 줄의 홀로그램과 공동이 떠나갈 듯한 웃음소리가 들려왔다.

빛이 가시고 존슨의 시야에 들어온 건 짙은 연둣빛 오라를 뽐내는 단검을 쥔 한시민이었다.

"성공이다! 성공!"

동시에 존슨은 그가 그토록 욕하며 분노했던 눈앞의 남자가 지금 그의 48시간 페널티를 막아줄 유일한 희망임을 눈치챘다.

인간은 죽음을 앞에 두고 자존심을 내던질 줄 알아야 하는 법!

"사, 살려주세요!"

"……?"

"도와주세요!"

애절한 목소리가 한시민의 귓가를 간질였다.

단검을 들고 뛰어다니던 그의 시선이 슬쩍 존슨을 향했다.

"이놈도 지금 체력이 얼마 남지 않았어요! 도와만 주시면 금방 잡을 수 있습니다!"

"……."

"뒤치기범으로 오해한 건 죄송합니다. 사과드리겠습니다. 제발……."

"크흠."

하나 말이 끝나기도 전에 시선은 존슨을 등졌다.

"……!"

"어깨가 뻐근하네."

"키이이익!"

대신 존슨의 부름을 고블린이 받고 다가왔다.

"……젠장."

[최초의 열네 개의 별!]

* 등급: Legendary

* 내용: 평생 쓸 운을 가져다 쓴 그대, 전생에 대륙의 영웅이었으리라!
* 혜택 1: 모든 스탯+30
* 혜택 2: 강화 성공 시 특수 옵션 추가 확률 +5%
* 혜택 3: 적용되는 오라 효과 +5%

[+14 초보자용 하급 단검]

* 등급: Normal
* 착용 레벨: 1
* 공격력: 10(+60)
* 옵션 1: 모든 스탯+5(+30)
* 옵션 2: 파괴 불가, 내구도 무한
* 옵션 3: '짙은 연두 오라' 효과 적용
  –10초당 체력, 마나 8% 회복
  –받는 대미지 15% 감소 및 반사
  –공격 시 '타오르는 상처' 효과 적용(초당 무기 공격력 10%의 고정 대미지 적용)(지속 시간 3초, 최대 10 중첩)

"아……."

이게 초보자에게 잠시 토끼나 베라고 주는 단검이 맞을까?

고작 착용 레벨 1짜리 단검의 14강이 이러할진데 20레벨 무기의 15강은? 100레벨 무기의 15강은? 레전더리 등급 무기의

15강은?

"……."

몸이 절로 떨렸다.

강화사의 말도 안 되는 능력은 이거구나.

필요 경험치 200% 제한?

상관없다.

"으흐흐흐."

아니, 레벨 따위 올리지 않아도 될 것만 같았다. 그깟 레벨보다 마지막 단계를 향하는 한 걸음이 더 간절했다.

'의식까지 해서 90%였어.'

명당을 찾고 이전에 요구하던 의식까지 더해 성공 확률 90%.

15강도 충분히 가능하다!

의지가 불타올랐다.

"우선 나가서…… 응?"

"키에엑!"

그런 한시민의 시야에 그제야 주변이 들어왔다.

"어라?"

고개가 기울어졌다.

분명 넷이었는데? 왜 하나가 됐지?

"아니, 살아 있는 거 하나랑 유품 넷이네?"

웬 떡이야? 14강 보상인가?

한시민은 오는 보상 막는 사람이 아니다. 그리고 이왕이면 더 많은 보상을 원하는 사람이다.

"단검이 얼마나 좋은가 실험도 한번 해봐야겠다."

씨익-

입꼬리가 말려 올라갔다.

지금의 한시민은 10분 전의 그와 다르다!

"키에엑!"

자신의 암울한 미래를 예견한 보스 고블린이 슬피 울었다.

7

판타스틱 월드 공식 커뮤니티인 판월.

수많은 유저가 정보를 공유하고 판타스틱 월드에 대한 이야기를 나눈다.

함께 플레이할 팀을 꾸리기도 하고 사냥 시간대를 맞춰 파티를 구하기도 한다.

제2의 판타스틱 월드라 불리는 판월이 흥할 수 있었던 이유는 하나다.

베타고!

이 역시 베타고가 직접 만들고 운영하는 사이트!

한 치의 사심도 들어가지 않은 운영은 모든 유저에게 충분한 만족을 준다.

판타스틱 월드 유저가 아니어도 웬만한 게시판을 둘러볼 수 있지만 진짜 정보를 얻고 싶다면 판타스틱 월드 계정을 인증하고 로그인해 판월 커뮤니티 등급을 올려야 한다.

차별화!

그리고 고급화.

유저들은 투덜대지만 그럼에도 이런저런 정보를 공유하며 포인트를 쌓고 조회수와 추천수를 얻기 위해 돈을 투자하기까지 한다.

한시민 역시 마찬가지의 이유로 판월에 글을 올렸다.

'내 고객층은 금수저 유저들이야.'

유저들에게 홍보하고 돈을 벌기 위해선 어떻게 해야 할까?

게임 내에서 알리는 방법도 좋지만 그 넓은 세상에서 돈 많은 유저를 직접 찾아다니며 영업하는 건 효율이 그리 좋지 않다. 한시민의 능력이 직접 뛰어다니며 고객을 찾아다닐 만큼 비루하지도 않고.

'오게 만든다.'

해서 선택한 게 판월.

그중에서도 높은 등급 게시판을 이용할 자격을 갖춘 유저들!

게임 내 시작 지점이 다를지언정 적어도 그들에게 한시민이 어떤 사람인지, 그리고 어떤 서비스를 제공해 줄 수 있는지는 확실하게 어필할 수 있다.

보고 흥미를 느낀 유저들은 연락해 올 테고.

그를 위해 그는 14강 초보자의 단검 스크린 샷을 올렸다.

"후우."

등급을 올리는 가장 좋은 방법은 높은 조회수와 추천수다.

돈을 써서 올리는 방법이 있지만 그럴 돈이 있었으면 강화에 쓸 한시민이기에 염두에 두지도 않았다.

"직업은 레전더리 등급의 강화사. 능력은 명당을 찾아 강화 확률을 높이는 것. 최소 10%에서 20%까지. 강화석은 본인 부담, 가격은……."

한참을 작성한 뒤 글을 올렸다.

본인이 봐도 감탄이 나오는 화려한 이펙트의 단검!

슬쩍 가죽 방어구 +11강 세트도 첨부했다.

그럼에도 큰 기대는 하지 않았다. 어차피 지금 올리는 글은 당장에라도 손님들이 몰려오길 바라며 쓴 게 아니라 등급을 올리기 위함이다.

"이 정도면 됐고."

보며 대리만족을 느끼는 유저들은 몇 번이고 확인할 테고 욕을 하든 부러워하든 입소문을 타며 베스트 글에 올라갈 수 있으리라.

소망이 아닌 확신!

수많은 게임을 통해 얻어온 정보다.

치트키랄까.

해서 별다른 걱정 없이 판월을 닫고 거래 중개 사이트를 열었다.

"오!"

올려놓은 레어 반지에 거래 신청이 들어와 있었다. 대체 고작 스탯 3 올려주는 반지를 200만 원이나 주는 미친놈이 누굴까 곧바로 쪽지를 보냈다.

―거래 괜찮은 시간과 장소 말씀해 주세요.

답장은 금방 왔다.

―지금 당장, 광장 분수 앞. 거대한 도끼를 매고 방패를 들고 있음.

―네, 바로 들어갈게요.

도끼와 방패? 낯이 익은 이유는 뭐지?

"모르겠다."

하란 성의 유저가 워낙 많아 다른 특징을 더 물어볼까 고민하다 이내 게임에 접속했다.

찾아보고 안 되면 다시 물어보면 되겠지.

"도끼와 방패라……."

그러다 문득 익숙한 한 사람이 떠올랐다.

에이, 설마. 아니겠지?

안타깝게도 설마는 사람을 잡았다.

"형님!"

"뭐냐."

"설마 했는데 형님이었군요."

"……북극곰의 피갈퀴 반지?"

"네, 하하."

200만 원이나 주고 이런 쓰레기 반지를 사는 사람이 정현수였구나.

거의 레벨 1의 효과를 가지니 최상위권 유저들에겐 매력적이겠지만 한시민은 이해할 수 없는 가격대다.

'하긴.'

천만 원이나 주고 방패를 강화하는 정신 나간 인간이었지.

"여기 있습니다."

"……설아가 넘긴 반지를 돈 주고 사다니."

"즐겜 하십쇼, 형님."

거래를 무르기 전에 냅다 반지를 넘기고 튀었다.

그냥 돈이라도 정현수의 것을 받으니 기분이 더 좋다. 그렇기에 떠나는 발걸음이 가볍다.

200만 원이면 현실에서 두 달은 버틸 수 있으리라.

"거기에 길 가다 주운 아이템들까지 팔면……."

또 어제 찾아온 행운 덕에 게임에서도 텅 비어버린 지갑을 채울 수 있다.

가득 찬 가죽 주머니에 뿌듯함을 느끼며 광장으로 향했다.

한시민은 존슨 일행이 죽고 떨어뜨린 아이템들을 그냥 구입할 때보다 훨씬 싸게 팔아치웠다.

'어차피 가지고 있어 봐야 쓸데도 없는데 빨리 팔아치워야지.'

내구도도 닳아 있기에 원하는 가격으로 팔려면 그만큼의 시간을 기다리며 보내야 한다.

하지만 한시민은 광장에서 쓸데없이 장사나 하며 노닥거릴 시간이 없다.

그에겐 시간이 곧 돈!

게다가 손에 들어온 연둣빛 단검은 당장에라도 15강을 향해 가라고 아우성치고 있다.

"이거 진짜 이 가격에 파시는 거예요?"

"네네, 상점보다 반 이상 싸죠? 내구도가 조금 닳긴 했는데 그런 거 쳐도 반값은 거저입니다. 거저!"

"여기요."

"즐판 하세요."

네 개의 아이템이 팔리는 건 오래 걸리지 않았다. 유저들은 사냥을 위해 무기를 사야 하고 조금이라도 싼 가격의 아이템은 어쩔 수 없이 팔리게 되어 있으니까.

'양심에 조금 찔리긴 하지만…….'

돈을 받을 때마다 죽어가던 존슨 일행이 떠올랐다. 내일쯤 되면 페널티가 풀리고 접속하고 다시 그 던전을 찾겠지만 안타깝게도 비어 있을 것이다.

'그러게 능력이 안 되면 도전하지 말았어야지.'

혀를 차며 자리에서 일어났다.

매너를 따지면 갖고 있다 돌려주는 게 맞겠지만 한시민은 그런 매너와 담을 쌓고 살아온 사람.

사냥을 방해한 것도 아니지 않은가!

철판을 깐 한시민이 웃으며 목에 걸린 목걸이를 만졌다.

"흐흐흐."

존슨 일행과 다시 마주칠 생각이 없는 결정적인 이유.

[고블린의 축복받은 목걸이]

* 등급: Unique

* 착용 레벨: 25

* 방어력: 10

* 옵션 1: 공격 시 체력 흡수 +1%

보스 고블린이 죽으며 드롭한 아이템!

무려 유니크 등급인 데다가 레벨 제한이 25짜리다.

대체 존슨 일행은 무슨 운을 타고났기에 던전의 네임드 몬스터가 유니크 아이템을 떨어뜨렸는지 몰라도 이제는 한시민의 것이 되었다.

이런 아이템을 주워 먹고 다시 존슨 일행과 만나 그때의 이야기를 꺼낸다?

"말도 안 되는 소리!"

레벨이 부족해 관상용에 불과하지만 나중에 강화해 쓴다면 전투 지속력에 있어 엄청난 도움이 될 아이템이 분명했다. 그냥 팔아도 엄청난 돈을 벌 수 있을 테고!

'바로 이런 거지.'

이런 시나리오를 원했다.

좋은 아이템! 같은 양의 강화석을 투자해도 더한 이득을 취할 수 있는 아이템!

이 목걸이가 그 첫 번째 대상이 되리라.

"그전에……."

우선 정해놓은 목표부터 달성해야겠지.

갖고 있는 돈으로 가죽 주머니에 식량을 잔뜩 채우고 성을 나섰다.

15강.

그를 위한 명당은 하란 성에선 겨우 느껴질 정도로 미약

했다.

"먼 여정이겠네."

게임 내에서 며칠씩 걷기만 하는 건 누구도 좋아하지 않는다. 하나 한시민의 입가엔 미소가 떠 있었다.

8

한시민의 레벨은 7이다.

보스 고블린을 잡았지만 한 것이라고는 사냥하는 존슨 유저들을 약 올리다 막타를 친 것뿐이니 제대로 된 경험치가 들어왔을 리 없다.

그가 레벨을 올릴 수 있었던 건 어디까지나 14강이 된 단검의 엄청난 위력에 취해 마주하는 고블린들을 죄다 죽이고 다녔기 때문!

그렇게 폭렙의 기로에 선 그에게 문득 의문이 들었다.

'굳이 레벨을 올려야 하나?'

13강 한시민이었을 땐 감히 상상도 하지 못했을 고민이다. 비루한 강화사 주제에 레벨을 올리느냐 마느냐의 문제를 두고 고민할 수가 없었으니까!

하지만 14강 한시민은 다르다.

단검에 붙은 스탯만 총합 150이 넘는다. 행운과 마력은 도움이 안 된다는 걸 감안해도 그의 스탯은 20레벨 이상의 유저와 동급!

역시 강화가 답이라는 게 증명되는 순간이 아닌가!

아직 20레벨이 넘는 유저가 없고 앞서 나가는 이들 역시 스탯 아이템을 정현수처럼 덕지덕지 달고 다닐 테니 무리한 비교겠지만 어쨌든 한시민은 레벨 업에 대해 잠시 합리적인 고민을 했다.

'보니까 20레벨 정도의 몬스터한테선 안 죽을 거 같은데.'

잡아 족칠 것도 아니고 보이면 도망만 치면 된다.

1레벨짜리 단검이기에 아무리 15강이라 해도 50레벨 이상의 몬스터들이 출현하는 영역으로 보내진 않을 것이다.

그런 확신과 함께 하나의 결론이 나왔다.

"어차피 10레벨 넘어서 죽으면 48시간 접속 불가인데 굳이 10레벨을 넘길 필요는 없겠지?"

물론 평생 그럴 순 없을 것이다.

어찌 됐든 더 좋은 아이템을 강화하기 위해선 레벨 제한이 높은 필드로 이동해야 할 테고 단순히 저레벨 아이템들을 강화해 얻은 스탯만으로는 한계에 부딪힐 테니까.

하나 그건 나중의 문제고 우선은 레벨을 올리지 않기로 했다. 주어진 이득을 최대한으로 활용하는 건 게임에서 방귀 좀 뀌는 유저라면 당연한 이야기니까.

그렇게 결정하고 몬스터들이 득실거리는 필드에서 벗어나 대로변을 유유자적 걷던 한시민의 시야에 한 무리의 NPC가

들어왔다.

화려하기 짝이 없는 한 대의 마차와 말을 탄 수십의 기사, 그리고 그보다 많은 사람!

'뭐지?'

뭔데 저렇게 화려할까.

레벨 7짜리 초보 모험가가 갖기엔 이른 호기심일 수도 있지만 어찌 됐든 감이 이끄는 명당으로 가려면 저 무리를 가로질러야 했기에 슬쩍 다가갔다.

설마 죽이기야 하겠나.

굳이 저들을 피해 가려 숲으로 들어가는 것보단 그냥 옆을 스쳐 가는 게 훨씬 안전할 것이다.

"누구냐!"

"정체를 밝혀라!"

당연히 그를 발견한 기사들이 검을 뽑아 겨누었다.

한시민은 자연스럽게 두 팔을 들고 싸울 의사가 없음을 어필했다.

유저라면 말이라도 붙여봤겠지만 저들은 판타스틱 월드에 사는 사람들이다. 이방인에 대해 마냥 호의적일 리도 없을뿐더러 분위기를 보아 굳이 엮일 필요도 없어 보였다.

궁금하긴 하지만, 된다면 마차를 얻어 타고 편하게 움직이고 싶지만 한시민은 자신의 레벨과 처지를 잘 파악하는 현명한 유저니까.

"그냥 지나가는 모험가입니다. 수고들 하세요."

넉살 좋게 웃으며 고개를 끄덕여 주고 무리를 피해 옆으로 돌아 앞질러 간다.

"모험가라……. 벌써 그토록 성장한 모험가가 있단 말인가."

"……?"

"잠시 멈춰보거라."

"저요?"

하나 마차의 곁을 지날 때쯤 부르는 목소리에 걸음을 멈출 수밖에 없었다.

한시민이 마차로 시선을 옮겼다.

화려한 마차의 창문이 열리고 그 안에 있던 자의 얼굴이 드러났다.

번지르르한 옷감!

한눈에 봐도 귀족일 것 같은 NPC가 그를 향해 초롱초롱한 눈빛을 빛내고 있었다.

"어디까지 가느냐?"

"……."

왜요?

묘한 침묵이 흘렀다.

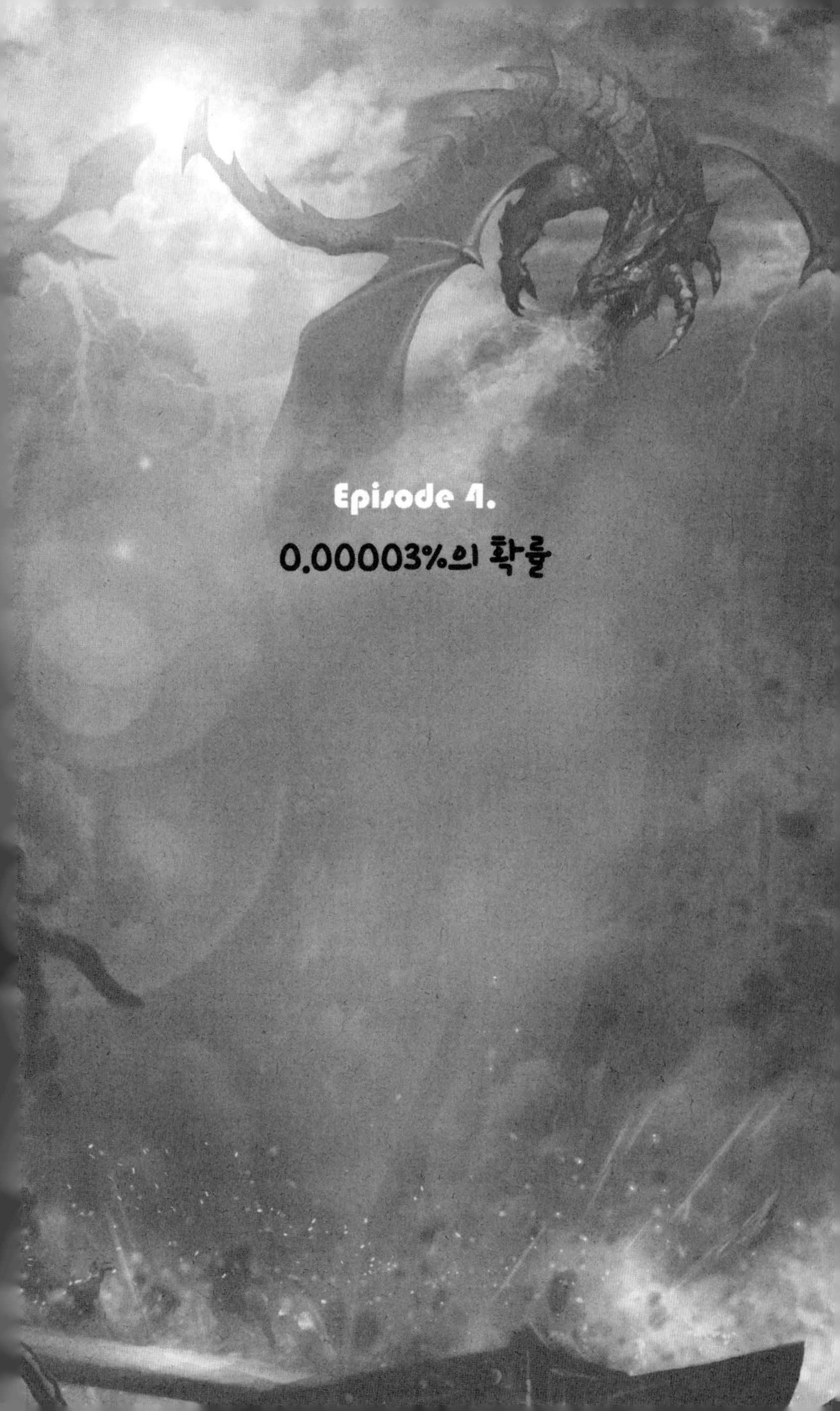

Episode 4.

0.00003%의 확률

1

순간 튀어나올 뻔한 말을 서둘러 삼켰다.

현대 사회를 사는 사람이라면 낯선 이의 호의는 의심부터 하고 보는 게 맞지만 여긴 판타스틱 월드!

게다가 주위를 둘러싸고 있는 수십의 기사는 한시민 정도는 한 번에 베어버릴 만큼 기세가 흉흉하다.

설마 장기매매나 그런 건 아닐 테고.

대체 왜 레벨도 높아 보이는 NPC가 멀쩡히 지나가는 거지를 부른단 말인가.

'뭐라고 해야 하지?'

대답하긴 해야 하는데…….

한시민도 그가 어디까지 가는지 알 방법이 없다. 그저 느낌이 시키는 대로 따를 뿐.

"……그냥 정처 없이 떠도는 중인데요?"

해서 생각나는 대로 지껄였다. 유저가 아니었다면 의심을 받아도 싼 이야기!

"그래? 역시 모험가답군."

하나 마차 안의 젊은 귀족은 오히려 흥미를 보였다.

"예, 그럼 수고들 하세요."

그 흥미가 도움이 되기보단 왠지 귀찮음으로 다가올 것을 직감한 한시민이 먼저 고개를 숙이고는 걸음을 옮겼다.

'딱 보니 유저는 처음 보는 NPC 같은데.'

내가 저 귀족 NPC에게 유저들이 쿨하다는 인상을 박아 넣으리라!

"타겠느냐? 모험가의 여행을 방해하고 싶진 않지만 이 길은 수도로 향하는 길인데 거기까지 당도하려면 걸어선 족히 열흘은 걸릴 것이다."

"……예? 열흘이요?"

"그 모험마저 즐기는 모험가라면 어쩔 수 없지만."

"실례 좀……."

쿨한 이미지는 열흘이라는 말에 10초 만에 머릿속에서 사라졌다.

NPC는 그냥 귀족 정도가 아니었다.

"아인 왕국의 첫째 왕자, 이안이네."

왕족! 그것도 한시민이 지금 발붙이고 있는 왕국을 물려받을 고귀한 혈통!

그런 그가 대체 왜 이런 길에 있는 건지 이해할 수는 없지만 모험가에게 상당한 관심을 보였다.

물론 한시민은 왕족이라는 단어에 쪼는 그런 남자가 아니다.

"호오, 강화사라?"

"네, 운 좋게 전직했네요."

"신기하군. 강화사가 모험가에게 가문의 기술을 알려주다니. 보기 힘든 경우일 텐데."

"제가 소질이 좀 있어서. 하하하."

"그래 보이는군. 14강 단검이라니. 내 태어나서 처음 보는 것이네."

"전설의 레전드 강화사라고 들어는 보셨을라나."

"……대륙에 다섯뿐인 영웅을 말하는 것인가? 자네가 그의 후예라는 말인가?"

"뭐, 그렇죠."

특히 한시민의 번쩍거리는 단검에 대해 묻더니 이내 전설의 강화사라는 걸 알아차리곤 정도가 심해졌다.

"증명이야 대륙에 일곱뿐인 전설의 무기에 속하지 않은 새로운 것을 들고 있는 것으로 충분하고. 대륙에 그의 후예가 나타날 줄이야!"

일어나서 한시민의 두 손을 붙잡고 흔들기까지!

'이 정도면 병인데?'

아무리 NPC의 입장에선 모험가들이 신기한 족속이라고 해도 그래도 나름 왕족인데 이래도 되는 건가?

만약 입장이 바뀌었다면 한시민은 감히 예의도 갖추지 않는다며 벌주었을 것이다.

인성의 문제를 떠나 그런 세계이지 않은가!

벌레보다 못한 평민! 지배하는 귀족! 그리고 군림하는 왕족!

왕자의 착한 성격 덕분에 편하게 가고는 있지만 이상한 건 어쩔 수 없다.

"그의 후예라 하니 묻는 것이지만, 혹시 전설의 강화사는 신께서 정하신 규율을 깨고 강화 확률을 높일 수 있다는 게 사실인가?"

그런 이안이 일순 진지한 표정으로 물어왔다.

한시민은 고개를 끄덕였다.

"네, 아직 실력이 부족해 많이 올릴 수 있는 건 아니지만."

어차피 100% 강화 능력은 누구에게도 공개할 생각이 없었기에 적당히 밑밥을 깔았다.

사실 레전더리 직업을 얻고 한시민의 능력은 상당 부분 제한이 된 셈이나 다름없기에 마냥 떵떵거릴 수 있는 입장은 아니다.

하나 상관없는지 이안이 눈을 빛내며 허리춤에 매달린 검을 검집째 내밀었다.

화려한 각인이 돋보이는 검!

한시민처럼 오라가 번쩍거리는 검은 아니었지만 한눈에 봐도 비싸다는 게 눈에 띈다.

"그렇다면 내 검도 강화해 줄 수 있는가?"

"좋은 검 아니에요?"

"국왕 폐하께서 직접 하사하신 검이지."

"……."

예?

받아 들고 별생각 없이 묻던 한시민의 고개가 들렸다.

무슨 검?

"몇 강까지 원하시는데요?"

"최소 8강. 마음 같아서야 그대가 갖고 있는 전설의 칭호를 이 검에 달고 싶지만 무리겠지."

"……8강이면 그거 터질 수도 있는데요?"

"알고 있네. 해서 건드리지 못하고 있었네. 그런데 자네는 특별하다 하지 않았는가."

"기껏해야 20%밖에 못 올려요."

"그 정도면 일반 아이템 기준으로 3강까지는 무조건 성공하지 않겠나."

"3강은 하나마나인데……."

"그래서 부탁하는 것이네."

"터지면 어떻게 되는 건데요?"

"왕국의 상징이 사라지는 것이지. 그렇게 된다면 내 목숨 또한 무사하지 못할 테고."

"……."

파리 같은 내 목숨도 함께 사그라진다는 건 왜 말 안 하는 건데.

제정신이 아니다. 고개가 절로 저어졌다.

"어떤가. 해줄 수 있겠는가?"

"잠시만요."

귀족이든 뭐든 높은 자리에 있는 사람들의 공통적인 특징은 잘되면 제 덕이고 안 되면 밑의 사람에게 책임을 떠넘긴다는 것이다.

즉, 강화를 성공하면 공은 눈앞의 젊은 왕자 놈이 가져가고 실패해 터지기라도 한다면 모든 벌은 한시민이 짊어져야 한다는 뜻!

유저이기에 죽음이 문제 될 리는 없지만 게임 플레이 자체를 못 하게 막는 방법은 다양하다.

중요한 갈림길에 섰다는 걸 직감한 한시민이 조심스럽게 검을 확인했다.

[태양의 검]

* 등급: Special

* 착용 레벨: 150

* 공격력: 15,000

* 옵션 1: 모든 스탯 +80

* 옵션 2: 태양이 떠 있는 동안 공격력 +10%

* 옵션 3: 체력 흡수 +8%

* 옵션 4: 1일 1회 '절대 철벽' 사용 가능

* 옵션 5: 30일 1회 '왕국의 수호신' 사용 가능

* 제한: 아인 왕국의 왕족 사용 가능

–1강부터 파괴 확률이 적용됨

"……."

검을 확인하던 한시민의 손이 떨리기 시작했다.

'미친!'

뭐야, 이거! 말도 안 되잖아.

한번 보았을 뿐인데 입이 절로 벌어졌다. 동시에 세상물정 모르는 눈앞의 왕자가 새삼 새롭게 보였다.

'150레벨이라니.'

유저들이 도달할 수나 있는 레벨일까?

이제 막 20레벨이 나오는 상황에서.

물론 이제부터 유저들의 레벨 업에 가속도가 붙을 것이다.

유저들에겐 판타스틱 월드라는 게임에 적응할 충분한 시간이 주어졌고 직업이라는 힘이 따라붙었으며 입지를 다지고 세력을 갖춘 뒤 어떻게 사냥해야 빠르게 치고 나갈 수 있는지 연구할 테니까.

무엇보다 게임의 콘텐츠를 무슨 수를 써서라도 빨리 소각시켜 버리겠다는 현대인들의 집념은 이를 가속화시킬 테고.

그럼에도 놀랍고 아득하다.

몇 년을 노력해 만든 게임을 유저들이 적어도 하루만에 끝을 보는 일은 벌어지지 않겠구나.

동시에 침이 삼켜졌다.

'갖고 튈까?'

이런 생각이 드는 건 어쩔 수 없는 인간의 욕망!

아무리 그림의 떡이라 한들 언젠가 누군가는 이 왕국의 왕이 되지 않을까?

그럴 생각이 있는 유저에게 이 검은 몇 년이 지나도 엄청난 가치를 가질 것이다.

"이거 그런데 왜 아직 1강도 하지 않은 거죠?"

덧없는 꿈 따윈 빨리 날려 보낸 한시민이 긴장한 표정으로 현실을 직시했다.

훔쳐 달아난다는 건 눈앞의 어린놈이 150레벨이 넘는 네임드 NPC라는 걸 생각하면 불가능한 일.

"태양의 검은 1강부터 파괴 확률이 붙네. 강화 확률은 변함없지만. 축복석도 검에 맞는 수준의 것을 구해봤자 기껏해야 1~2강이니 건드리지 않았네."

"그래 봤자 파괴 확률은 얼마 안 될 텐데……."

"단 1%라도 조심할 수밖에 없지. 왕국의 상징인데."

"……예?"

인상이 절로 찌푸려졌다.

"이게요?"

"신께서 왕국의 건립을 허락하신다는 증표나 마찬가지네."

그래서 터지면 왕자임에도 불구하고 죽는다는 건가.

절로 고개가 끄덕여졌다. 신을 믿지 않는 입장에서야 납득하긴 어렵지만 남이 믿는 걸 부정할 마음도 없다.

다만 불만이 있다면.

"그럼 왜 저한테……."

그 폭탄을 나한테 떠넘기려 하는가!

약간의 강화 정도면 해줄 수도 있다. 애초에 옵션 자체가 워낙 좋으니 5%, 10%씩 붙는 강화 추가 공격력도 엄청난 차이를 보이는 건 당연한 이치.

하나 왕자가 원하는 건 약간의 옵션 상승이 아니다.

오라!

처음 한시민을 붙잡을 때부터 보였던 관심은 온통 그것이었지 않은가.

"전설이지 않은가. 대륙에 존재하는 일곱 개의 전설 무기를 만든 자의 후예. 제국의 상징을 8강까지 강화한 자의 후예! 어떤가. 우리 왕국의 상징을 8강까지 강화할 수 있겠는가. 자네의 스승을 뛰어넘을 수 있겠는가!"

"……."

['이안 왕자의 제안'을 수락하시겠습니까?]

이 양반 미쳤네.

마치 도박에 빠져 집문서를 갖고 튀는 아들놈 같은 모습이 아닌가!

가질 건 다 가져 놓고 고작 이런 뽀대용 오라에 왜 왕국을 거는 거지?

그것도 처음 보는 모험가를 붙잡아 두고.

'역시 금수저들의 생각은 이해할 수가 없어.'

이해하려다간 머리만 아프다.

'어떻게 하지?'

이해하려는 대신 눈앞에 펼쳐진 밥상에 대해 고민하기로 했다.

선택지는 두 개다.

먹고 볼지 아니면 깔끔하게 거절할지!

당연히 절대 강화의 도움 따위는 받을 수 없다.

아이템 착용 레벨이 150인데 절대 강화의 명당이라면 어디겠는가.

아무리 적게 잡아도 100레벨 이상의 몬스터가 나오는 필드!

가다가 수만 번은 죽을 것이다.

왕국의 군대가 따라붙으면 모를까 불가능한 이야기.

결국 그냥 두드려야 한다는 뜻인데 그러다 터지기라도 하면?

다시 키우는 선택지가 주어지겠지.

그렇다고 돈을 먼저 주지도 않을 것이다.

잠시 고민하던 한시민이 단호한 표정으로 검을 넘겨주었다.

"한 4강까지는 몰라도 8강은 무리예요."

"……흠, 알았네."

[퀘스트를 거절했습니다.]

확률이 너무 낮다.

그가 강화에 이점을 가질 수 있는 이유는 오로지 절대 강화 때문!

한데 그 능력을 쓰지 못하면 그냥 평범한 강화사와 다를 게 없다.

운이 좋으면 확률 10% 정도 올릴 자리 정도야 찾을 수 있겠지만, 그걸로 8강까지 어떻게 가겠는가.

아무리 생각해도 5강쯤에 터질 확률이 너무 높다.

'먹을 건 먹고 버릴 건 버리자.'

아무것도 가진 게 없다면 한번 질러보았을지도 모른다.

하나 한시민은 현재 15강 단검을 만들러 가는 길!

"아직은 제가 스승님을 따라가기엔 부족합니다. 수련을 더 하고 나중에 능력이 될 때 다시 찾아가서 강화해 드리겠습니다. 꼭!"

물론 대가는 빵빵하게 받고.

실망하던 이안이 진심을 담은 말에 고개를 끄덕였다.

"모험가에게 괜한 부담을 줬군. 미안하네."

"아니에요."

분위기가 묘해졌다. 눈치 주는 이는 없지만 왠지 내려야 할 것만 같은 느낌.

하지만 한시민은 떳떳이 버텼다.

'제대로 가는 것 같네.'

찝찝함은 잠시고, 그 잠시를 버티면 명당에 가까워진다.

얼굴에 철판 깐 한시민이 3일간 빌붙어 결국 아인 왕국의 수도에 도착했다.

2

"감사했습니다, 왕자님."

"아니네, 나 또한 모험가와 이야기하며 많은 것들을 알게 되었네. 다음에 기회가 된다면 또 보지. 혹여 강화에 관한 것이라면 언제든 찾아와도 좋고."

"네, 안녕히 가세요."

님은 참 좋은 분이었습니다. 걸어왔다면 지금쯤 쓸쓸히 대로를 걸으며 한숨이나 푹푹 쉬고 있겠지.

비록 레벨 7짜리 초보자에게 왕국의 땅문서나 다름없는 검을 내미는 정신 나간 왕자였지만 떠나는 마차에 감사의 인사를 올렸다.

"살다 보니 운이 좋을 수도 있네."

특히 요즘 따라 그런 느낌이다.

시작부터 어찌어찌 강화 스킬을 배우더니, 며칠 전엔 존슨 일행이 그의 강화를 돕고 선물까지 주며 장렬히 산화한 것도 모자라, 이젠 길을 가다 마차를 얻어 타 명당이 있는 수도까지 오게 되다니.

'하늘이 날 돕는구나!'

그게 아니라면 이럴 수가 없다. 자신감이 샘솟았다.

유저 하나 없는 아인 왕국의 수도를 걷기 시작했다.

몬스터가 덮칠 걱정 따윈 없다! 마지막 행운으로 아인 왕국

수도 성 내부에 명당이 위치하고 있으니 이 얼마나 훈훈한 마무리란 말인가.

"그 왕자는 나중에 할인가로 해줘야겠네."

좋은 기분에 선심까지 썼다. 아마 인연이 닿는다면 1년쯤 뒤에 만나지 않을까 생각이 들었다.

조금 있으면 판타스틱 월드 최초로 15강 단검을 들 수 있다는 생각에 콧노래가 절로 나왔다.

"모험가인가?"

"그래 보이는데."

"몇몇 성에만 나타나는 걸로 알고 있는데."

"벌써 수도까지 도착한 모험가인가 보군."

그런 그를 수도의 NPC들이 신기해하며 관찰했다.

점점 가까워진다. 그리고 느껴진다.

하란 성에서부터 겨우 한 줄기 느껴지던 명당의 기운은 이제 더할 나위 없이 진하게 한시민을 자극한다.

조금만 더!

한 걸음만 더!

'15강……!'

얼마나 사기일까.

14강만 해도 그보다 15레벨 이상 높은 몬스터를 죽이는 데 무리 없을 정도의 위력을 보여주었다. 무기 공격력과 더해지는 스탯은 물론 별개로 주어지는 15강 오라 역시 기대된다.

"후후후."

음흉한 웃음과 함께 거침없이 나아가던 발걸음은 장애물에 막혔다.

"응?"

감히 누가 날 막아!

고개를 든 한시민의 시야에 높디높은 성벽이 들어왔다.

'뭐야, 벌써 여기까지 왔다고?'

그럴 리가!

아무리 정신 놓고 걸었을지언정 성 내부를 가로질렀을 만큼은 아니다.

게다가 느껴지는 기운은 벽 너머.

그렇다는 말은 성 내부가 아니라는 말인데.

"으음."

주변을 둘러보며 벽을 따라 걸었다.

보아하니 수도 밖을 둘러싼 나가는 성벽은 아니다.

그랬다면 안쪽으로 굽어 있었을 테니까.

'내성 벽!'

그렇다면 답은 하나!

한 왕국의 수도이니만큼 성안에 성이 있는 게 이상한 일은 아니다.

다만 15강에 취한 한시민은 하나만 생각하고 뒤이은 하나는 생각하지 못했다.

"누구십니까."

"네?"

성벽 안으로 들어가는 문을 찾았다. 하지만 그 문은 지키는 사람이 있었다.

"이 안에 용무가 좀 있어서……."

"신분증을 보여주시겠습니까?"

갑옷으로 무장한 기사 둘!

"……."

"없으면 돌아가시기 바랍니다."

있을 리가 없다. 하지만 돌아갈 수도 없다.

"여기가 혹시 왕성인가요?"

"그렇습니다."

아아, 그렇구나.

'시발!'

그랬구나. 어째서 15강을, 확률이 0.001%인 주제에 안전한 성안에 명당을 지정해 놓았는지 내가 멍청해서 예상하지 못했구나.

한숨이 절로 나왔다.

차라리 100레벨쯤 되는 몬스터의 영역에서 강화하라는 것이 더 쉽지 않겠는가! 24시간 내내 지키고 있는 기사들을 뚫고 어떻게 들어간단 말인가.

'미치겠네.'

돌아가 다른 명당을 찾을 수도 없다. 느껴지는 장소는 이곳이 유일했다.

모 아니면 도!

생각해 내야 한다, 방법을.

그러다 문득, 불과 몇십 분 전에 만났던 한 남자가 떠올랐다.

"이안 왕자님을 만나러 왔다!"

다급한 한시민의 입에서 생각조차 거치지 않은 단어들이 내뱉어졌다.

뒷일?

'모르겠다. 일단 들어가고 보자.'

기껏해야 죽기밖에 더하겠냐.

물은 이미 쏟아졌다.

콸콸.

세상에 귀족을, 그것도 왕자와의 친분을 사기 치는 미친놈은 없다. 걸렸다간 저 혼자 죽는 게 아니라 3대가 멸할 테니.

하나 내성을 지키는 병사들의 눈앞에 보이는 사람은 모험가다.

'뭐지? 진짜인가?'

'첫째 왕자님이 모험가와 친분을?'

수도엔 모험가가 없지만 들리는 소문에 의하면 모험가들은 이 세상에 연이 없는 이들이고 죽어도 금세 살아난다고 들었다.

당연히 자신의 이익을 위해 왕자와의 인연을 팔 수도 있으리라!

'어떻게 하지?'

'그냥 쫓아 보낼까?'

'입은 옷을 보니 평범한 모험가는 아닌 것 같은데…….'

기사 둘이 근엄한 표정을 유지하며 눈빛을 교환했다.

산전수전 다 겪으며 왕을 호위하고, 왕실을 수호하고, 내성을 지켜온 그들이지만 처음 겪는 일의 처리는 시간이 걸릴 수밖에 없었다.

'보고하자.'

'그래.'

그러다 이내 판단을 내렸다. 다행히 그 판단은 여러모로 한시민에겐 유리한 쪽이었다.

"확인하고 와도 되겠습니까?"

"그래."

한시민이 어깨를 펴고 턱을 추켜세우며 고개를 끄덕였다.

안에만 들어가면 된다.

정신 나간 왕자가 또 지네 집문서를 들이밀며 찢어 달라 할 가능성이 농후하지만, 적당히 타이르며 내성 안에 15강을 성공시킬 수 있는 명당이 어디인지 찾아 그곳에서 망치를 몇 번 두드리기만 하면 된다.

그리고 그다음엔…….

'어떻게든 상관없겠지.'

성공만 한다면야.

"이리로 오십시오. 안내하겠습니다."

기다림 끝에 내부로 들어갔던 병사가 흥미로운 눈빛으로 한시민을 보며 안내했다.

다행히 첫째 왕자가 들여보내라고 한 것이리라.

꿈틀거리는 입꼬리를 진정시키며 근엄하게 내성으로 입장했다.

체면을 지키자! 쥐뿔도 없는 모험가에 불구하지만 지금만큼은 첫째 왕자의 지인으로 들어가는 것이니까!

"와."

하나 그 체통은 내성에 들어가 왕궁을 보는 순간 깨져 버렸다.

드넓은 내성 한가운데 세워져 있는 화려한 왕궁! 그 주변으로 펼쳐진 꽃과 잔디, 호수와 연못!

"……."

이거 정말 게임 맞아? 아니, 게임이니까 이렇게 구현이 가능한 건가?

입이 떡 벌어진다.

당장 초원에서 토끼 한 마리 잡겠다고 우르르 몰려다니는 유저들이 이런 곳을 상상이나 할 수 있을까?

경험치를 1이라도 더 먹겠다고 잠도 자지 않고 적금을 깨는 상위권 유저들이 본다면 살기 위해 취하는 숙면마저도 포기할지 모른다는 생각이 들 정도로 아름다운 장소였다.

'이 정도면 미친 척하고 반란 일으킬 만하네.'

유저가 왕이 된다면 이런 호사로운 곳에서 살 수 있다. 비록 가상현실이라 할지언정! 제2의 현실임은 부정할 수 없기에 더 가치가 있을 터.

한시민은 베타고를 인정했다.

대단하다.

최초의 가상현실. 오차도 많고 시행착오도 가득할 텐데 인공지능은 그 어떤 게임보다 확실하고 완벽한 세상을 구현해냈다.

동시에 더 큰 그림이 눈앞에 펼쳐진다.

'와, 씨. 왕국의 왕이 이렇게 사는데 제국은…….'

황제가 되면 얼마나 벌까?

폭군이 되어 골드를 싹 모아오라고 시킨 뒤 팔아버리고 튀어도 평생 놀고먹을 만큼의 돈이 되지 않을까?

"여기입니다."

"고마워."

꿈을 꾸는 사이 어느 별궁 앞에 도착했다.

첫째 왕자를 찾아왔으니 첫째 왕자가 사는 곳이겠지.

거대한 문을 침착하게 열고 들어가자 외부보다 화려한 내부가 눈에 들어왔다.

그리고.

"왔는가? 생각보다 빨리 찾아왔군."

"안녕하세요?"

이안이 눈을 빛내며 다가왔다.

"……."

그의 눈빛엔 기대가 가득했다. 그 기대가 무엇을 의미하는지 아는 한시민이 한숨을 내쉬었다.

그냥 솔직하게 털어놓았다. NPC기도 하고 정신 나간 왕족은 이렇게까지 하지 않으면 계속 강화해 달라고 조를 것만 같았기에.

"그랬던 거였군. 하긴, 모험가들은 가진 힘을 성장시킬 수 있는 묘한 능력이 있다고 들었지. 그대 역시 아직은 부족한 것이었군."

“그래서 여기 찾아온 거고요. 하루 빨리 성장해서 스승님을 뛰어넘어 그 검을 강화시키려면 우선 이 단검을 15강에 성공해야 돼요.”

“하지만 15강은 확률이 낮지 않은가?”

“전설의 강화사는 그런 확률마저도 뚫을 수 있어야 하죠.”

“…….”

네 검은 안 되지만 내 단검은 15강 해야겠다!

“믿기 힘들겠지만 좀 도와주세요. 최초의 15강, 바로 앞에서 보고 싶지 않으세요?”

진심을 털어놓으며 구걸했다.

이안이 한참을 고민하다 고개를 끄덕였다.

“확실히 보고 싶긴 하군. 전설의 강화사의 후예가 다른 강화사들과 어떻게 다른지. 정말 제국의 상징을 뛰어넘을 가능성이 존재하는지. 왕성 안에서 소란을 일으키거나 들어갈 수 없는 곳만 아니라면 내 도와주지.”

“감사합니다!”

오오!

한시민이 왕자의 두 손을 잡고 흔들었다.

설마 이런 식으로 쉽게 해결될 줄이야!

판타스틱 월드 인생에서 이 왕자 놈을 만난 건 정말 둘도 없을 행운이다.

‘진짜 하늘이 돕는 거다.’

망설임 없이 왕자의 궁에서 나와 그를 이끌고 걷기 시작했다. 쇠뿔도 단김에 빼라고 빨리 강화해 버리고 싶었다.

'어디 지하 미궁 이런 데만 아니면…….'

왕성에 그런 게 있을 리 없겠지만.

자신감 넘치는 걸음은 내성 안에서 가장 거대한 궁으로 향했다.

"저긴 아바마마께서 기거하시는 궁인데. 저 안인 것인가?"

"네? 아, 네. 못 들어가나요?"

"들어갈 수야 있지. 하나 아바마마의 침소는 안 될 것이네."

"네."

베타고가 엿이라도 먹으라는 게 아니라면 설마 그러겠어?

대충 웃으며 넘기려던 순간 온몸에 소름이 돋았다.

'아니, 잠깐.'

동시에 지금까지의 여정이 주마등처럼 스쳐 갔다.

위험한 몬스터들의 소굴이 아닌 왕국의 수도! 그 넓은 수도 안에서 하필이면 내성! 또 내성 안에서도 빌어먹게도 왕궁!

"……."

이쯤 되면 앞으로의 미래가 살짝 보이는 것만 같은 기분이 든다.

'아냐!'

하지만 애써 무시했다. 고개를 젓고 느낌이 향하는 곳으로 빠르게 걸었다.

아닐 거야.

"여긴 어디예요? 침소 같진 않은데."

다행히 한시민의 불길한 예감은 빗나갔다. 명당은 왕의 침소와는 거리가 약간 있었다. 다만.

"여긴 대회의실이네. 국왕 전하께서 집무를 보시는 공간이지."

"아아, 그럼 저기 끝에 있는 의자는……."

"당연히 국왕 전하의 옥좌이지."

"……."

그럼 그렇지. 쉬울 리가 없지.

안구에 습기가 차오른다.

"혹시 저기에 제가 모루를 올려놓고 단검을 망치로 두드리거나 하면 안 되겠죠?"

"안 될 게 있겠나."

"……!"

"왕실 호위 기사들을 뚫고 할 수 있다면 충분히 가능하겠지. 혹은 국왕 전하께서 허락해 주신다거나."

안 된다는 거잖아, 이 새끼야!

"하아."

"설마 명당이 저곳인가?"

네.

"……."

깊은 침묵이 흘렀다.

그 침묵은 얼마 가지도 못하고 깨졌다.

"왕자가 여긴 무슨 일이냐."

"……아바마마!"

타의로.

3

한시민은 본능적으로 지금이 아니면 기회가 없다는 걸 느꼈다. 해서 당당하게 나섰다.

"안녕하십니까!"

한 왕국의 국왕 앞에 나서는 걸음에 기사들이 끼어들었지만 주눅 들지 않고 어깨를 꼿꼿이 폈다.

죽어도 되살아난다!

그런 패기가 평민 나부랭이로 하여금 자신감을 갖게 만들어주었다.

국왕의 눈빛에 이채가 서렸다.

"그대는 누구인가?"

"지나가던 모험가입니다!"

회의할 참이었는지 국왕을 포함해 모인 귀족들의 시선이 쏟아졌지만 흔들리지 않았다.

"그래, 모험가가 여긴 어쩐 일로?."

"보여드리고 싶은 게 있습니다."

동시에 마법 주머니 안에 넣어두었던 단검을 주섬주섬 꺼내 들었다.

"아니!"

"저자가!"

"감히 국왕 전하 앞에서 무기를 뽑아 들다니!"

"기사들은 뭐 하는가! 국왕 전하를 모셔라!"

당연히 찬란히 빛나는 단검 앞에 귀족들이 호들갑을 떨었다.

하나 국왕은 태연했다. 그는 이채 어린 눈빛을 풀지 않은 채 물었다.

"14강 단검이군?"

"네."

"대륙에 단 일곱 개뿐인 전설의 무기 중 하나가 모험가의 손에 있다니 놀랍기 그지없군. 아니, 아니지. 전설의 무기엔 단검이 포함되어 있지 않은데……."

"아바마마, 이자가 직접 강화한 무기라고 하옵니다. 100년 전 대륙의 전설이었던 강화사의 의지를 이자가 이어받았습니다."

"호오?"

시기적절하게 치고 들어오는 이안의 도움까지!

부산떨던 귀족들도 흥미를 보이기 시작했다.

유저들에게야 고강화 아이템은 운이 좋아 어쩌다 탄생한

아이템이지만 대륙의 사람들에겐 신의 가호가 깃든 전설의 무기다. 아무리 레벨 제한이 낮을지언정 그것이 갖고 있는 영험한 효과는 감히 무시할 수 없다.

"제가 여기까지 온 이유는 보여드리고 싶어서 입니다."

"뭘 보여준다는 것이지?"

기회를 잡은 한시민이 망설임 없이 치고 들어갔다.

그가 생각했던 싸가지 없는 왕이었다면 씨알도 먹히지 않을 말이지만 다행히 왕은 호기심을 보이며 지나가던 모험가의 말을 들어주고 있다.

'물론 이안 때문이겠지만…….'

뭐든 중요한 건 대화가 통한다는 것! 그 말은 곧 사기도 먹힌다는 뜻이다.

'이쯤이면.'

슬슬 본론으로 넘어갈 때가 왔다.

대회의실 내부에는 왕실 기사들마저 들어와 아까보다 시선이 확연하게 늘었지만 그 눈빛들이 담고 있는 감정은 이전과 딴 판이다.

처음엔 경계였다면 지금은 호기심!

물론 그 이면엔 전설의 무기에 대한 욕망도 잠재하고 있겠지만.

"15강. 대륙 최초의 15강 무기를 보여드리고자 찾아왔습니다."

상관없다.

"……!"

"……!"

"15강! 신화급!"

강화만 하면 바로 될 거니까.

씨익.

혼란이 가득한 대회의실 내부의 분위기를 보며 사악하게 웃었다.

회의는 미뤄졌다.

그리고 대회의장엔 왕과 이안, 한시민만이 남아 대화를 나누었다.

이런저런 설명과 이안의 포부까지.

"아바마마, 제국의 상징을 뛰어넘을 인재를 만났습니다. 어쩌면 아인 왕국이 도약할 수 있는 절호의 기회일지도 모릅니다. 그 옛날, 전설의 강화사 덕에 제국이 지금의 강세를 이룰 수 있었지 않습니까."

굳이 그가 구걸하지 않아도 알아서 설명해 주는 덕에 그저 옆에서 지켜보고 있었다.

"흠."

왕은 고민에 빠졌다.

어찌할 것인가!

사실 들어줄 필요가 없는 부탁이다.

왕가에 하나씩 있는 상징을 강화하는 건 어디까지나 왕국 간의 허영심 싸움이니까.

웃긴 건 제국을 제외하곤 그 누구도 옅은 오라조차 내지 못한다는 것!

만약 9강 이상을 한다 해도 당장 제국을 뛰어넘을 힘을 갖추게 되는 것도 아니다.

"좋네."

"……!"

하지만 그런 유치한 자존심 싸움에도 의미를 부여하는 게 NPC들이다.

신을 믿고 신성력을 발휘하는 이들에게 신이 허락한 왕국의 상징을 강화해 찬란한 빛을 뿜어낼 수 있다면 그것은 곧 신의 신뢰를 받는다는 말과도 마찬가지니까.

확률이라는, 인간이 제어할 수 없는 변수이기에 더더욱 그러하다.

"하지만 모험가여, 그대는 그대의 말을 지켜야 할 것이야. 왕자의 신뢰를 믿고 기회를 주지만 도움엔 대가가 따르는 법. 불멸, 불사의 존재라 해서 그대를 처벌할 방법이 없는 건 아니니."

"물론입니다!"

['아인 왕과의 거래'를 수락했습니다.]

[아인 왕과의 거래]

* 등급: S
* 내용: 아인 왕은 보잘것없는 모험가의 말을 믿고 거래를 허락했다. 그 약속을 지키지 않는 자, 죽음을 면치 못하리라!
* 조건: '+9 태양의 검'의 강화 성공

공과 사는 확실한 한시민이 고개를 끄덕였다.

어차피 기약 없는 나중일 뿐이다.

이안과도 이미 한 약속이고.

만약 나중에, 태양의 검을 강화할 수 있는 날이 온다면 제국이고 뭐고 밟아버릴 정도로 찬란한 오라를 내뿜게 해주리라!

'엄청 뜯어먹고!'

당장 해줄 수 없다는 게 아쉬울 마당인데 어째서 도망치겠는가.

"그럼……."

"명당이라. 그래, 어디 한번 보여보거라."

"네."

아쉬운 마음을 삼키며 일어나 천천히 걸음을 옮겼다.

한 발자국, 두 발자국.

계단을 올라 왕좌로 향한다.

가까워지는 왕!

"……?"

의문이 가득한 눈빛이 바로 앞이다. 연둣빛 가득한 단검을 쥐고 있음에도 두려워하지 않는 왕 앞에서 한시민이 머리를 긁적였다.

"명당이 거기라……."

"……."

왕의 표정에 처음으로 당황이 서렸다.

4

"아씨, 언니. 이 오빠 내 연락 씹어. 언니가 좀 해주면 안 돼?"

"바쁘신가 보지."

"뭐가 바빠! 며칠 전에도 내 연락 씹고 14강 성공하고. 너무한 거 아냐?"

"강화하려면 여기저기 돌아다녀야 하잖아."

"그래 봤자 뭐!"

투덜대던 강예슬이 이내 한시민의 레벨이 몇이었는지 상기해 냈다.

"……뭐, 쪼렙이니까 그럴 수도 있겠네."

"시간 되면 연락하실 거야."

"쳇, 오기만 해봐. 아주 그냥 꼬셔 버리려니까!"

정설아가 피식 웃었다. 강예슬 정도면 헛소리만은 아니지만, 왠지 다른 남자들과는 다른 느낌인 한시민을 꼬실 수 있으리란 생각은 들지 않았다.

'여자를 좋아하는 것 같으면서도 아닌 것 같기도 하고.'

지금껏 오랜 세월을 살진 않았지만 많은 사람을 만나 본 정설아의 입장에선 참 묘한 스타일일 수밖에 없다.

그녀를 보며 감탄하지만 그것에 빠져 넋을 놓진 않고, 돈을 좋아하면서도 또 일정한 기준을 세워 욕심내진 않는다.

이게 그녀가 겪은 한시민의 성격!

어디까지나 정설아의 미모 때문에 생긴 오해지만, 짧은 만남에도 불구하고 곧바로 팀으로 이끌 만큼 그는 신뢰가 가는 사람이었다.

"언니, 언니, 빨리 길드 만들고 가입시키자. 나 도저히 못 참겠어! 아오, 내 연락을 씹어? 진짜 내가 누군지 알면 절대 이러지 못할 텐데……."

"알았어. 기다려."

대화를 나누며 성문을 넘는다. 온종일 사냥에만 매달려 있는 스페셜리스트가 오랜만에 하란 성에 들어왔다.

소모품을 재충전하고 20레벨을 찍어 길드를 만들기 위함!

"판타스틱 월드 놈들 장삿속은 하여튼. 무슨 길드 하나 만드는 데 100골드야. 어이가 없네."

"게임적인 요소가 부과된 것들은 일단 다 비싼 것 같아."

"그러니까. 차라리 캐시로 만들어 놓으면 덜할 텐데."

길드 생성을 처리하기 위해 돈을 꺼내면서도 불평을 터뜨리는 정현수. 어쩔 수 없다는 걸 알면서도 아까울 수밖에 없다.

"차라리 나중에 만들면 더 싸게 만들 수도 있을 텐데."

"그러려면 시작을 안 했지."

골드의 시세가 떨어질 때까지 기다리자니 길드가 갖는 이점을 누리지 못하고, 그렇다고 돈을 쓰자니 골드의 시세를 생각하면 속이 쓰리고. 최상위권 유저들이 겪는 두통은 비단 스페셜리스트만의 것은 아니리라.

[길드 '스페셜리스트'가 설립되었습니다.]

어쨌거나 만들고자 했던 길드를 만들었고 투덜대던 정현수는 언제 그랬냐는 듯 길드 시스템을 살펴보았다.

"빨리 시민 오빠 가입시키자."

"만나야 가입을 시키지."

"언니가 연락해서 오라고 하면 안 돼?"

"네가 해."

정설아가 강예슬의 보챔을 흘려들으며 다음을 생각했다.

'다음 영역으로 넘어가는 게 좋겠어.'

하란 성 근처의 사냥터는 넓다. 그 넓은 사냥터에서 필요한 레벨의, 그리고 쉽게 잡을 수 있는 종류의 몬스터를 정하는 게 비슷비슷한 레벨의 경쟁자를 누르고 치고 나갈 수 있는 비결!

'25레벨, 아니, 30레벨까지 갈 수 있으면 좋을 텐데.'

정설아에겐 13강 장검과 정현수의 10강 방패가 있다.

어느 정도 욕심이 나는 건 당연하다.

'아냐.'

하지만 고개를 저었다.

무작정 높은 레벨의 몬스터를 잡는 건 효율이 떨어진다.

쉽고 빠르게, 그리고 많이!

그를 위해선 30레벨 몬스터는 무리다.

'세팅을 조금 더 갖춘다면 모를까.'

레벨이 오를수록 무기 상점에서 구매하는 무기들은 의미가 없어진다.

비쌀뿐더러 굳이 유저들에게 주어진 특권, 몬스터에게서 아이템이 떨어진다는 장점을 두고 노말 등급의 아이템을 구매할 이유가 없기 때문!

찾아보면 경매나 귀족들을 통해 레어나 유니크 이상의 무기를 구할 수 있지만 역시 가격은 상상조차 하지 못할 만큼 비싸리라. 레벨 제한도 걸리고.

해서 직접 사냥을 통해 구해야 한다.

적어도 레어 혹은 그 이상을!

그리고 그걸 강화한다면 그때부터 진짜 랭킹 경쟁의 시작.

'시민 씨가 15강을 성공해야 할 텐데.'

그녀는 한시민의 능력을 정확히 모른다. 하지만 그의 레벨이 오르고 스킬 레벨이 오를수록 강화 확률이 높아진다는 것쯤은 추측할 수 있다.

그렇기에 그녀는 당장 일분일초를 어떻게 쪼개 사냥해야 뒤처지지 않고 고정되어 있는 레벨 랭킹을 뒤엎을 수 있을까 고민하면서도 한시민을 응원해 주었다.

그리고 그런 그녀의 옆에서 강예슬이 다시 한번 용기 내 한시민에게 1:1 대화를 신청했다.

"또 씹기만 해봐."

그녀의 간절한 기원은 다행히도 먹혔다.

"오빠? 시민 오빠? 끊지 마!"

"……누구?"

"나 예슬이!"

"……예슬이가 누군데요?"

"아니, 우리 같은 길드잖아. 진짜 이럴 거야!"

"아! 그 키 작은."

자존심이 상했지만 강예슬은 항상 밝은 여자다.

"오빠, 언제 와? 우리 길드 만들었……."

"저기, 미안한데 지금 좀 바빠서. 부정 타니까 나중에 다시 연락할게."

띠-

"……는데."

그 밝음이 또 한 번 까였다.

옆에서 지켜보던 정설아가 고개를 저었다.

'확실히 평범한 남자는 아니야.'

어쩌면 고자일지도 모른다는 생각마저 들었다.

"……또 까였어. 강예슬이. 한신그룹 외동딸인 내가! 으어엉."

강예슬의 서글픈 징징거림만이 길가에서 울려 퍼질 뿐이었다.

5

1:1 대화를 끊은 한시민이 미간을 찌푸렸다.

'하필 이럴 때에…….'

중요한 순간에 부정 타게.

그것도 처음 보자마자 반말하며 친한 척하던 강예슬이다.

혹여 망치질하다 또 연락이 오면 큰일이기에 받았을 뿐이지 아니었다면 계속 무시했을 것이다.

"왜 그러는가."

"아닙니다."

어쨌든 그런 최악의 사태를 대비한 한시민이 왕의 말에 숨을 들이켜며 마음을 다잡았다.

죽느냐 마느냐의 갈림길!

이 정도까지 흉흉한 분위기는 아니었지만 한시민이 왕에게 비키라고 한 뒤부터는 정말 목숨 건 강화가 시작되었다.

이해하지 못하는 건 아니다.

'성공해야지. 무조건.'

당연히 이해해야 한다.

무슨 개소리냐며 꺼지라고 해도 할 말이 없는 상황이다.

군대로 치자면 전입한 지 얼마 안 된 이등병 나부랭이가 4성 장군 앞에 와서 거기 기운이 좋아서 앉으면 내 건강이 좋아질 것 같으니 비켜보라는 것인데 누가 기분이 좋겠는가!

한시민이었다면 그대로 발로 깠을 것이다.

하나 아인 왕은 그 정도는 아닌 듯했다. 기회를 주는 걸 보면 알 수 있다. 비록 전설의 레전드 강화사라는 개뼈다귀 같은 이름의 힘이겠지만. 어렴풋이 느끼고 있기에 기회를 무조건 잡을 생각이었다.

"자, 그럼……."

조심스럽게 황금으로 만든 옥좌에 마법 주머니에서 허름한 모루를 꺼내 올려놓는다.

내가 과연 이런 허름한 걸 여기 올려놔도 될까 싶을 정도로 화려한 옥좌지만, 뒤에서 쏘아져 오는 왕의 날카로운 시선에 등이 따끔거리는 기분이지만 애써 모른 척했다.

'15강. 15강만 생각하자.'

강화에 성공해서 압도적인 옵션과 공격력으로 뒤처진 레벨을 우선 확 끌어올린다.

그런 뒤 파밍을 통해 좋은 무기를 구하고 또다시 15강을 한다.

자연스레 손에서 놓일 15강 초보자의 단검은 비싼 가격에 뒤늦게 게임을 시작하는 금수저들에게 판다!

완벽한 계획.

긴장이 절로 풀린다.

망치질 몇 번만 제대로 하면 새로운 인생의 서막이다.

"후우."

정신을 집중한다.

강예슬과의 대화로 부정을 탄 게 신경 쓰이긴 했지만…….

'할 수 있다.'

조심스럽게 연둣빛 단검을 모루에 올려놓고 망치를 옆에 준비한다.

그리고.

"퉤!"

옥좌에 침을 뱉었다.

"……!"

"저, 저 무슨!"

당연히 뒤에서 경악하는 소리가 들려왔지만 멈출 수 없다.

멈추는 순간 죽는다.

멈추지 않아도 죽을 것이다.

어차피 죽는 거 강화를 성공하고 죽는 게 백번 이득인 걸 잘 알기에 계속해서 의식을 진행했다.

15강이니만큼 요구하는 자세도 많았다.

그 많은 자세를 정확하게 소화하기 위해 한시민이 그대로 옥좌를 밟고 올라갔다.

쾅!

그리고 옥좌의 등받이를 걷어찼다. 동시에 제자리에서 20회 팔 벌려 뛰기를 하고 그대로 팔걸이를 잡고 물구나무를 섰다.

'됐다.'

충분하다.

정신 나간 그의 능력은 강화 확률을 높일 충분한 의식을 요구하는 대신 미래의 목숨을 앗아갔지만 불만을 터뜨리진 않았다.

'73%!'

생각보다 많이 나왔다.

더 월드 15강은 이보다 높은 확률이었음에도 겨우 70%를 채웠던 걸 생각해 보면 인심을 팍팍 쓴다는 느낌이 들 수밖에 없다.

물론 무조건 성공할 확률은 아니다.

무조건이라는 단어는 100%가 아니면 사용할 수 없다. 해서 긴장을 풀지 않았다.

정설아에겐 실패하지 않는다는 긍정적인 생각이 중요하다고 호언장담했지만 막상 15강의 기로 앞에서 그런 생각을 하기란 쉽지 않다.

실패하는 순간 죽는다. 이건 두렵지 않다.

하지만 실패하는 순간 장비가 터진다. 이건 두렵다.

소름 돋을 정도로 떨린다.

'터질 확률이 99%.'

행운을 바라려면 반대를 바라야 한다.

하락!

실패했을 시 최상의 시나리오.

물론 둘 다 적용되지 않는 확률이 있긴 하지만 그건 굳이 생각하지 않았다.

그 확률은 능력을 쓰지 않고 그대로 망치를 두드려 15강에 성공할 확률보다 낮다.

세상엔 기적이 있지만 그 기적은 한시민에겐 찾아오지 않을 것이다.

"하아."

숨을 들이마시고 타이밍을 잰다.

올라간 힘 스탯은 한 손으로 물구나무를 지탱하며 망치를 드는 데 큰 도움을 준다.

실패한다 해도 두드려야 한다.

여기까지 와서 물릴 수도 없다.

'지금!'

모든 걸 내려놓은 손길이 단검을 두드렸다.

탕!

강하게 한 번.

탕! 탕!

빠르게 두 번.

탕-

단검의 손잡이에도 한 번.

네 번의 망치질과 함께.

'제발…….'

마지막으로 망치를 내려쳤다.

간절한 염원을 담아!

팅-

"……!"

그리고 신은 그 염원의 답변을 소리로 들려주었다.

홀로그램이 나타나기 전에 싸한 느낌이 온몸을 스치고 지나갔다.

"이런 시……."

[강화를 실패했습니다.]

"……발."

최악의 결과가 그를 반겼다.

심장이 덜컥 내려앉았다.

인생을 살다 보면 누구나 한 번쯤 고꾸라지게 마련이다.

그리고 그건 승승장구하며 달릴 때, 정점을 맞이하는 순간일수록 그와 비례한 절망이 찾아온다.

피할 수 없다.

신이 아닌 인간이니까.

중요한 건 그 절망을 얼마나 빨리 극복해 내느냐의 문제일 뿐.

다행히 한시민은 25년이라는 세월을 살며 이미 그런 절망을 느꼈던 적이 있던 사람이다.

'이런 시발!'

해서 금방 정신을 차렸다.

실패할 수도 있겠다고 생각만 했지, 진짜 이렇게 중요한 순간에서 확률이 그를 배신할 것은 상상도 하지 못했다.

그나마 이미 1년 전 죽음을 겪었던 경험이 그의 정신을 깨웠다.

'이럴 때가 아니야!'

돌아온 정신은 가장 먼저 현실을 파악하게 했다.

15강 실패!

이건 변하지 않는 사실이다.

하지만 말도 안 되는 행운도 함께 찾아왔다.

'하락이나 파괴 홀로그램이 없다.'

왜 없는지에 대해 고민할 때가 아니다.

기적이 벌어졌다.

고개가 절로 뒤를 향한다.

"……뭔가. 실패한 것인가?"

"그럴 리가요! 하하."

연둣빛 단검은 무사하다.

실패했음에도 오라의 빛이 황금색으로 변하거나 단검에 균열이 가며 깨지지 않았다는 게 의미하는 바는 하나.

'한 번 더.'

망치를 쥔 손에 다시 힘이 들어간다.

보통 실패하게 되면 그다음 강화를 망설이게 마련이다.

또 실패하면 어쩌나 하는 마음 때문.

한시민 역시 마찬가지.

평소의 그였다면 망설였을 것이다. 강예슬과의 대화에서 부정을 탄 것 때문이 아닐까 고민도 해보았을 테고 부정을 씻기 위해 여기저기 다니며 좋은 공기를 마셨을지도 모른다.

하나 지금은 그럴 시간이 없다. 시간도 없을뿐더러 지금이 아니면 영원히 성공하지 못할 것만 같은 기분이 든다.

'다시 간다.'

눈빛에 독기가 올랐다.

독기가 오른 망치질이 다시 한번 시작됐다.

탕– 탕–

남의 집 거실이나 다름없는 곳에서 이러고 있다는 사실조차 망각한 채 의지를 불태웠다.

무조건 성공한다!

아까와는 마음가짐 자체가 달라져 있었다.

심장이 떨어지는 것만 같았던 그 심정은 아직도 생생하다.

그 지옥 속에서 또 한 번의 기회가 주어졌다.

'어떻게?'라는 의문 따위는 집어치워 버렸다.

지금이라면 정말 뭐든 할 수 있을 것만 같다.

'실패하면…….'

물론 실패할 확률은 여전히 30%가량이다. 이번엔 실패하면 정말 끝이다.

'한 번 더!'의 기회 따윈 오지 않는다.

탕! 탕!

아까보다 100배는 더 긴장되는 순간이지만 눈을 감지 않았다.

믿었다.

더 월드에서 15강을 성공했던 그 순간을 떠올렸다.

부자가 되는 순간을 그렸다.

'성공해라. 성공해라. 성공해라.'

탕!

간절한 믿음은 망치질에 담겨 단검에 고스란히 전달됐다.

동시에.

팟—

지옥의 겁화보다 강렬한 진홍빛이 터져 나왔다.

6

판월에 올린 한시민의 14강 초보자용 단검은 너무나 자연스럽게 자신이 있어야 할 장소를 찾듯 베스트 게시글 1위를 차지했다.

다른 좋은 정보도 분명 많고 이용하는 유저의 수가 넘쳐 남에도 그럴 수 있는 이유는 역시 고급 정보부터는 게시판의 등급이 나뉘기 때문.

초보자들을 위한 팁들이 대부분인 베스트 게시글에서 대리만족을 충족시키는 스크린 샷은 유저들의 흥미를 끌기 충분했다.

시샘하는 댓글이 많았지만 꾸준히 오르는 조회수와 추천수는 글의 가치를 증명해 주고 있었다.

—와, 오픈한 지 얼마나 됐다고 14강? 이분 강화하려고 게

임 시작했나?

—팔면 얼마나 하려나.

—그래 봤자 1렙 단검 ㅅㄱ링.

ㄴ이분 최소 판알못. 공격력이랑 스탯 붙은 거 봐라. 적어도 20까지 저 무기보다 좋은 무기는 없을 듯. 거기에 오라 보셈. 저건 솔직히 너프해야 함.

—대체 무슨 짓을 하면 0.1%를 뚫음?

—전생에 나라 구한 사람이 게임을 하고 있네.

수많은 유저가 시민이라는 아이디를 기억했고 동시에 강화한 아이템의 능력이 대단하다는 걸 새삼 깨달았다.

—그래도 저거 다 돈지랄임. 한 번 강화하는 데 1골드 50실버인데, 이거 현금으로 15만 원. 그 돈 주고 강화해서 한 2주 쓰고 버릴 사람 나와보셈. 내가 볼 땐 금수저 아니면 생각도 안 하는 게 좋음.

ㄴ그럼 저 사람도 금수저라는 뜻?

ㄴㄴ딱 보면 모르냐? 랭커 중 한 명이겠지.

물론 가격의 장벽을 대부분의 유저는 넘지 못했다.

고강화 아이템이 좋지만 댓글의 내용대로 어느 정도 쓰다가 바꿔야 하고 그건 저레벨 구간에서 낭비로 다가올 수밖에 없으니까.

거기에 한시민이 올린 스크린 샷 밑엔 그의 능력에 대한 비용이 적혀 있다.

—한 번에 2골드? 미쳤네.

—추가 강화 확률 20%에 5골드라. 5강 정도부턴 괜찮을 듯한데?

—저강화 때도 뭐, 강화석 비용 생각하면 이걸로 하는 게 이득일 수도.

—물론 만렙 찍고 이야기.

게임을 플레이하는 와중에도 확인할 수 있는 판월이기에 한번 화제가 된 한시민의 글엔 계속해서 댓글이 달렸다.

그러다 문득, 누군가가 화두를 던졌다.

—그런데 이 사람 더 월드에 그 시민 맞나?

한시민이 판타스틱 월드로 넘어오기 전 더 월드에서 일어났던 그때의 사건을 기억하는 누군가의 화두!

작은 불씨가 커지기 시작했다.

—나 그거 봤음. 태초 불멸의 검인가? 14강짜리 2천에 팔려

다 다들 꺼리는 분위기니까 바로 15강 띄워서 팔았던 사람?

–미친. 그때 소름 돋아서 지렸었는데. 설마 이 사람이 그 사람임?

–와, 그럼 진짜 대박인데. 여기서도 이러고 있는 거 보면 강화에 뭐 있는 거 아님?

–있긴 뭐가 있음. 어차피 확률인데.

ㄴ넌 그 확률을 못 뚫어서 싸구려 단검 들고 다니냐.

그리고 불씨는 타오르며 유저들의 호기심을 부추겼다.

–이번에도 15강 지를까?

–설마.

–더 월드 15강 확률도 지랄 맞지만 여기 15강은 비교도 안 됨. 0.001%라는데 솔직히 이게 성공하라고 만들어 놓은 확률임?

–나 판월 도서관에서 책 좀 읽는 유전데 역사책 보니까 게임 내 NPC들도 15강 해본 적이 없다는데.

–그래도 질렀으면 좋겠다.

–222 터지는 거 보고 싶다.

–ㄹㅇ 이분이 영상 찍어서 올리면 개꿀잼 각.'

–ㄴㄴ 실시간이 더 꿀잼이지.

–실패하면 한강 가는 거 아님?

—가야지;;

관심이 집중되는 곳엔 그 관심을 먹고자 하는 이들이 나타나는 법!

—정신병자가 아니면 지를 리가 없음. 이분 질러서 15강 되면 내 전 재산 이분한테 다 갖다 바침.

대놓고 관심을 달라는 댓글이었지만 많은 유저가 공감하고 베스트 댓글로 보냈다.

이를 테면 부추김!

작성자야, 보고 있다면 어디 한번 질러 보아라!

물론 다들 재미로 올린 것이다. 판월이란 사이트는 그런 곳이니까.

하지만 댓글이 베스트로 올라간 지 채 10분도 안 돼 새로운 베스트 댓글이 그 자리를 밀어냈다.

댓글의 내용은 간략했다.

['시민' 님께서 '+15 초보자용 하급 단검' 강화에 성공했습니다!]

한 장의 스크린 샷과.

—베댓님, 집문서 들고 오시랍니다.

한 문장의 댓글.
게시글의 추천수가 두 배로 뛰었다.

7

눈을 찌르는 강렬한 진홍빛은 아름다웠다.
"아아……."
온갖 사치품으로 가득한 대회의실의 화려함이 가려질 정도의 빛에 아인 왕도 한시민이 옥좌에 저지른 불경을 잊고 경의를 표했다.
그만큼 성스러운 빛이었다.
하늘에서 내린 광채! 신께서 허락하셨다는 증거!
"신의 무기……."
신화급 무기의 탄생!
한참 동안 대회의실 내부를 휩쓸었던 빛이 사그라질 때쯤, 아인 왕의 시선이 옆에 있는 왕자에게 향했다.
"잘했다."
"감사합니다, 아바마마."
물어온 모험가가 어중이떠중이 사기꾼이 아니구나.
당연한 말이지만 둘은 한 왕국을 통치하는 지배자다. 고작 감상에 빠져 한시민을 여기까지 데리고 와 무례를 용서한 게 아니다.

대륙에 다섯뿐인 전설.

100년이 지나 나타난 그의 후예.

역사서에나 기록되어 있는 내용이지만 모험가의 출현과 전설의 후예 등장이 아무런 연관이 없을 리 없다.

아인 왕은 거기까지 생각할 능력이 되는 왕이다.

그저 왕국의 상징을 강화해 아인 왕국의 위세를 뽐내며 신의 의지라는 명분으로 영토를 확장할 생각이었던 왕이었다. 그의 눈에 멍하니 진홍빛 단검을 바라보고 있는 한시민이 들어왔다.

'붙잡는다.'

판단은 정확하게, 행동은 신속하게.

"대단하군."

아인 왕이 진심을 담아 말했다.

하나 한시민은 여전히 미동도 없었다. 그저 허공만 응시할 뿐.

거기다 등까지 돌리고 있으니 이는 곧 국왕에 대한 불경이지만 아인 왕은 개의치 않았다.

"15강. 신의 가호를 받지 않으면 절대 불가능하다는 걸 그대가 해내다니. 모험가이기 때문인가 아니면 전설의 레전드 강화사라는 이름이 그만큼 대단한 것인가."

"……와, 미쳤다."

"그대가 원하는 걸 이뤘으니 이제 우리 사이에 거래를 이야기할 차례군."

"역시 인생 한 방은 강화사야."

"시간이 필요한가 보군. 방을 마련해 줄 테니 쉬겠는가?"

끄덕.

대꾸하지 않던 한시민이 왕의 노련한 대처에 고개만 끄덕였다.

굳건하게 닫혀 있던 대회의실의 문이 열렸고 시종이 들어와 한시민을 비어 있는 방으로 안내했다.

왕의 초대를 받은 귀빈들에게만 허락되는 왕궁의 방!

그게 한시민에게 허락됐다. 고작 레벨 7짜리 모험가에게.

하지만 한시민은 그마저도 기뻐하지 않았다. 기뻐할 여유가 없었다. 그의 눈앞엔 그런 시시한 것들보다 훨씬 흥미로운 홀로그램들이 숨도 쉬지 못하게 그를 압박하고 있었으니.

[강화에 성공했습니다.]

['시민' 님께서 '+15 초보자용 하급 단검' 강화에 성공했습니다!]

['+15 초보자용 하급 단검'이 진화했습니다.]

[전설의 업적! '최초의 열다섯 개의 별!'을 획득했습니다.]

[전설의 업적! '최초의 신화!'를 획득했습니다.]

['전설을 좇는 자!'를 수락했습니다.]

[레전더리 직업 '전설의 레전드 강화사'의 1차 각성을 완료했습니다!]

[강화 시 일정 확률로 특수 옵션이 추가됩니다.]

[강화 시 일정 확률로 강화 효과가 상승됩니다.]

[강화 성공 시 경험치를 획득합니다.]

[+12강부터 강화 성공 시 스탯 포인트를 획득합니다.]

"아!"

5성급 호텔의 것보다 푹신한 침대에 누워 홀로그램을 훑는 한시민의 눈망울에 이슬이 맺혔다.

이런 날이 오는 구나!

감동의 도가니.

판타스틱 월드를 시작하고 지금까지의 고생이 주마등처럼 눈앞을 스쳐 지나간다.

다른 사람들이 본다면 거의 날로 처먹는 수준이지만 원래 자신의 고통이 남의 죽음보다 큰 법!

고통을 인내하고 딴 열매는 그보다 달콤할 수가 없다.

그리고 일련의 과정 속에서 큰 교훈을 깨달았다.

사고 나서 죽을 뻔했을 때도 느끼지 못했던 것.

"진짜 열심히 살아야겠다."

물 들어올 때 노 저어야 한다! 눈치 보다간 죽도 밥도 안 된다!

15강 첫 번째 실패에서 그 짧은 순간, 그런 생각들이 가장 먼저 들었다.

'내가 유저들의 배 아픔을 위해 사려왔었는데 그런 걸 신경 쓸 처지가 아니었어.'

배가 아파 죽든 말든 벌고 보자.

내일 당장 계정이 정지되더라도 오늘 한 그루의 사과나무를…… 아니, 한 사람에게라도 더 많은 골드를 뜯어내자.

벌고 죽은 귀신이 때깔도 곱다.

진홍빛 오라를 내뿜는 단검을 보며 그런 수많은 생각이 마구 샘솟았다.

"진짜 간지 쩐다."

그리고 그런 여러 진솔한 생각의 뒤를 잇는 게 바로 이것!

가까이 다가가기조차 힘겨울 정도로 화려하고 강렬하다. 누가 감히 이걸 1레벨 초보자에게 지급되는 초보자용 단검이라 하겠는가.

옵션 또한 말도 안 된다.

[+15 초보자용 하급 단검]

* 등급: Epic Normal

* 착용 레벨: 1

* 공격력: 10(+100)

* 옵션 1: 모든 스탯+5(+50)

* 옵션 2: 파괴 불가, 내구도 무한

* 옵션 3: '짙은 진홍 오라' 효과 적용

–10초당 체력, 마나 16% 회복

–받는 대미지 40% 감소 및 반사

–공격 시 '타오르는 상처' 효과 적용(초당 무기 공격력 10%의 고정 대미지 적용)(지속 시간 6초, 최대 10중첩)

–모든 스탯 +10%

* 특수 옵션 1: '레전더리 힐' 사용 가능

* 특수 옵션 2: '회수' 사용 가능

15강에 성공하며 진화해 에픽이 붙었고 특수 옵션까지 생겼다.

이름만 봐도 바닥을 치던 체력이 가득찰 것 같은 스킬!

공격력을 포함하여 모든 스탯 증가는 굳이 말할 필요도 없다.

"이래도 되는 건가."

이런 생각이 들 정도다.

레벨은 고작 7인 주제에 스탯은 레벨 랭킹에 보이는 1위의 것보다 아득히 높을 것이다.

이게 모두 아이템 하나 15강 만든 효과라니.

진짜 달성하리란 건 베타고도 예상하지 못했겠지.

그리고 누구도 따라할 엄두를 내지 못하리라.

"이거 이러면 레벨 랭킹 1등도 노려볼 만하지 않나?"

슬쩍 욕심도 났다.

그깟 레벨 랭킹 1위가 뭐가 중요하느냐 할 수도 있겠지만 판타스틱 월드에서 랭킹은 큰 의미를 갖는다.

유저에게 주어진 몇 안 되는 시스템 중 하나인 랭킹이다. 비록 노출되는 게 레벨뿐이라 해도, 그 레벨 랭킹 페이지에 노출되는 유저들은 프로필에 이런저런 홍보를 통해 수익을 올리고 있으니까.

그뿐 아니라 개인이 운영하는 판월 채널 주소를 올릴 수도 있고 돈을 내고 개통한 판월 방송 채널을 알릴 수도 있다.

먼저 앞서 나간 자들의 플레이 정보나 팁들을 알고자 하는 유저들은 궁금해서라도 한 번씩 방문하게 될 테고 그건 곧 돈으로 이어진다.

게다가 게임 내적으로도 레벨이 남들보다 높다는 건 곧 한 발 앞서 퀘스트를 진행할 수 있다는 이야기기도 하고.

나쁠 게 하나 없는 콘텐츠.

특히 그의 가치를 홍보해야 하는 한시민에겐 더할 나위 없이 좋은 매개체다.

"하, 빌어먹을 레전더리 직업만 아니었다면 도전해 보는 건데."

물론 욕심조차 수그러지게 하는 건 잊을 만하면 떠오르는 경험치 페널티다.

더 강한 몬스터를 남들보다 많이 잡아야 남들이 하는 만큼 쫓아갈 수 있는 족쇄.

어찌 됐든 15강도 성공했으니 급하게 생각하지 않기로 했다.

'지금은 그게 중요한 게 아니니까.'

아직 확인하지 못한 기쁜 소식들이 가득한데 굳이 나쁜 생각을 할 필요가 있나!

클릭과 함께 홀로그램들이 서로 다투어 자신을 자랑했다.

[최초의 열다섯 개의 별!]

* 등급: Epic Legendary
* 내용: 신이 허락한 재능을 가진 그대에게 Cheers!
* 혜택 1: 강화 성공 시 특수 옵션 추가 확률 +10%
* 혜택 2: 강화 성공 확률 +5%

[최초의 신화!]

* 등급: Epic Legendary
* 내용: 대륙의 첫 신화급 아이템을 완성시킨 그대에게 가호가 따르리.
* 혜택: '신의 가호' 적용

스탯이 붙진 않았지만 두말할 나위 없이 좋다.

특히 강화 성공 확률 5%는 강화사에겐 말도 안 되게 좋은 옵션!

0.001%의 확률을 뚫어낸, 그리고 0.00003%의 말도 안 되는 기적을 일으킨 한시민에게 주는 보상.

'진짜 거기서 다시 한번 기회가 올 줄이야.'

다시 생각해도 기가 막히다.

실패한 것도 어이없는데 하락하지도 파괴되지도 않다니.

그때야 워낙 경황이 없어 대충 넘어갔지만 생각해 보면 소름이 끼친다.

혹시 단검에 붙은 파괴 불가 옵션 때문인가?

어떤 이유든 중요한 건 그 순간, 또 한 번 기회가 생겼다는 것!

믿지도 않는 신을 진짜 믿게 될 것만 같기에 얼른 다른 홀로그램을 확인했다.

[전설을 좇는 자!]

* 등급: SS
* 내용: 대륙의 다섯 별 중 하나의 후예로서 각성할 첫 번째 자격을 갖췄다. 별이 이끄는 장소로 향해 선대의 의지를 받들자.
* 보상: ???

"뭐 이런 개떡 같은……."

이런 개떡 퀘스트가 나와도 좋다!

그저 지금은 모든 게 좋았다.

뒤이은 홀로그램들은 15강 성공을 통해 숨겨진 강화사의 능력이 한 꺼풀 벗겨졌다는 내용이었다.

필요 경험치가 두 배로 늘어난 만큼 강화를 통해 경험치와 스탯을 보충해 주겠다는 말!

스탯 포인트는 12강부터 오른다는 제약이 있지만 한시민에게 그건 제약도 아니다. 오히려 보너스지.

"좋네."

무덤덤하게 고개를 끄덕였다.

워낙 좋은 일들이 겹쳐 이 정도는 태연하게 받아들일 정도가 되었다.

띠-

['정설아' 님께서 1:1 대화를 신청했습니다.]

보상들을 확인한 뒤 마음을 정리하는 그를 홀로그램이 방해했다.

누군지 확인한 한시민의 손이 한 치의 망설임도 없이 통화를 눌렀다.

"네, 설아 씨."

"축하드려요."

"아, 감사합니다!"

달콤한 보상 이후 상큼한 목소리의 축하까지. 입꼬리가 절로 말려 올라갔다.

"시간 괜찮으시면 강화 좀 부탁드려도 될까요?"

"물론이죠."

거기다 한참 15강 하러 돌아다닐 것을 배려해 기다렸다가 부탁하는 센스까지!

얼굴이 보이지 않음에도 고개를 끄덕였다.

"어디 계세요? 제가 금방 갈……."

의지를 내보이다 순간 멈칫했다.

"금방은 못 가고 한 4~5일은 걸릴 거 같아요."

"예? 4일요? 어디 가세요?"

"어디 간 건 아니고 어딜 좀 와서……."

"……."

"수도예요. 좀 걸리니 5일 뒤 하란 성에서 봬요."

"네, 길드도 만들었으니 오셔서 가입하시면 될 거예요."

"알겠습니다. 그럼 그때 뵐게요."

"조심히 오세요."

연락을 끊은 한시민의 몸이 그대로 침대에서 튕겨져 올라왔다.

"왕님 어디 있어요?"

문밖에 서 있는 시종에게 묻자 군말 없이 안내해 주었다.

원하는 건 다 얻었으니 이제 돌아갈 일만 남았다.

원래는 더 뒹굴며 뭐 뜯어먹을 게 없나 두리번거릴 생각이었지만 그보다 확실한 미녀가 돈을 주겠다고 기다리는데 망설일 이유가 없었다.

'아!'

이동하는 도중에 문득 확인하지 못한 것 하나가 생각났다.

'신의 가호.'

최초의 신화 칭호에 붙어 있던 혜택.

이름부터 거창한데 어떤 효과가 있을까.

[신의 가호(SS): Passive]

* 내용: 신의 축복을 받은 모험가는 다른 모험가보다 한계가 높을 수밖에 없다. 보다 강한 수련을 통해 더 많은 성과를!
* 효과: 필요 경험치 +100%, 레벨 업 시 획득 스탯 포인트 +100%

"……."

기대 가득하던 한시민의 표정이 일그러졌다.

Episode 5.

단검 한 방에 목숨 하나

1

“돌아간다?”

“네, 약속은 지킬 테니 걱정하지 마세요. 레벨 열심히 올려서 다시 오겠습니다.”

“알았네.”

아인 왕이 돌아가겠다는 한시민의 말에 순순히 고개를 끄덕였다. 모험가의 특성상 붙잡아 강제로 충성을 맺게 할 수 없음을 알기에 내린 결정.

“마차를 준비해 주겠네.”

“감사합니다.”

원하는 것을 지원해 주고 필요할 때 이용한다.

왕은 한시민을 제대로 공략했고 한시민도 원하는 바를 얻어 만족했다.

서로 윈윈하는 훈훈한 세상!

"그럼 담에 뵐게요."

"아! 잠깐."

"네?"

물론 세상이 그렇게 훈훈하기만 하면 얼마나 좋을까.

가벼운 발걸음으로 떠나는 한시민을 아인 왕이 붙잡았다.

"잊을 뻔했군."

"뭘요?"

"하란 성의 마탑에 가서 이걸 보여주게."

그러곤 황금으로 만들어진 패를 건넸다.

"이게 뭔데요?"

한시민의 눈동자가 절로 커졌다.

황금!

팔아먹으면 얼마나 나올까부터 생각하게 된다.

탐욕 어린 눈빛이 간절하게 왕을 향했다.

'제발 내 거라고 말해줘.'

이걸 내면 도움을 준다거나 혹은 선물을 준다거나!

그런 용도라면 패 자체를 팔아먹어도 전혀 문제될 게 없겠지.

"왕의 임무를 대리 수행하는 자라는 걸 증명하는 패일세."

"아아, 그러면 팔아도……."

"팔면 그 즉시 왕국을 팔아먹은 것으로 간주해 왕실 기사단이 뒤를 쫓을 것이고."

예?

"아니, 그럴 거면……."

이딴 쓸모없는 걸 왜 주는 건데요?

왕의 임무를 대리 수행? 말이 좋지 그냥 시키는 일 열심히 하라는 것이 아닌가.

이를 테면 퀘스트라든가.

다른 유저들이 받으면 좋아 하겠지만 한시민에겐 해당 사항이 없는 이야기다.

'필요 경험치도 300%가 된 마당에.'

안 그래도 의욕이 생기지 않는데 신의 가호인지 뭔지 개떡 같은 패시브 스킬이 하나 생겨 버려 아예 절망 수준으로 떨어져 버렸다. 따지고 보면 레벨이 올라갈수록, 만렙이라는 한계치에 다다를수록 남들보다 많은 스탯을 보유하게 되는 것이다. 과연 15강을 최초로 성공한 자에게만 주어지는 축복이라 부를 수도 있겠지만.

'시바, 만렙을 언제 찍어.'

한시민에게는 적용되지 않는 이야기다.

[캐릭터 정보]

* 이름: 시민

* 직업: 전설의 레전드 강화사(1차 각성)
* 보조 직업: X
* 칭호: 7개
* 레벨: 7(필요 경험치+300%)
* 스탯(5): 힘(40+50) 민첩(55+50) 체력(50+50) 행운(183+50) 마력(40+50)
* 스킬: 강화(F), 절대 강화(SS), 레전더리 힐(S), 신의 가호(SS)
* 보조 옵션
  1. 강화 성공 시 특수 옵션 추가 확률 +23%
  2. 강화 성공 시 일정 확률로 강화 효과 상승 +5%
  3. 강화 성공 확률 +5%

스탯만 주구장창 높으면 뭐하나! 레벨이 아직도 7인데!

만렙? 몇인지도 모를뿐더러 찍을 수 있는 레벨인지 엄두조차 나지 않는다.

"하아."

한숨이 절로 나왔다. 아무리 돈을 벌기 위한 게임이라도 현실에서의 생활을 감당할 만큼 벌려면 그만큼 애정을 갖고 캐릭터를 키워야 한다.

더 월드에서도 굳이 1레벨 캐릭터로 강화할 수 있는 걸 열심히 키워 직접 아이템을 구해 강화했었으니까.

그만의 신념 같은 것이다.

그 신념이 이번에 깨지게 생겼으니 답답할 수밖에.

"원치 않아도 받게. 그대에게 무리한 요구는 하지 않을 테니. 내가 주는 선물 정도로 생각하면 되네."

"……."

잃어버리면 역적으로 몰리는 선물이 어디 있습니까.

이 말은 차마 하지 못했다. 아인 왕의 눈엔 따스함이 가득했으니. 결코 성격이 좋아서 한시민에게 따스한 눈빛을 주는 건 아닐 것이다. 해서 그냥 받았다.

"그대는 원치 않아 보이지만 모험가들에겐 큰 특권이 될 수 있는 물건이네. 아인 왕국뿐 아니라 다른 왕국에서도 웬만한 의뢰를 받아 수행할 수 있는 패니까."

"네, 감사합니다."

언젠가는 쓸 일이 있으리라 생각하며 마법 주머니에 황금패를 대충 던져 넣었다.

"그럼 안녕히 계세요."

그리고 왕성을 떠났다. 또다시 지루한 여행의 시작이었다.

한시민은 원래 생각하는 걸 즐기지 않는다.

딱히 생각 없이 산다기보다 어렸을 때부터 강제적으로 생각할 시간이 많았기 때문!

중고등학교 수업 시간, 대학교 수업 시간, 그리고 군대 2년에 사고를 당한 이후 몇 개월까지.

평생 살며 할 생각이란 생각은 다 했다.

"음, 타고 다닐 게 있으면 좋겠네."

그런 그가 또다시 생각하고 있다.

그것도 진지하게! 또 즐겁게!

캐릭터의 발전을 위한 고민은 마차를 타고 가는 내내 쉬지 않았다. 마음먹고 생각하다 보니 해야 할 일들이 마구 떠올랐다.

"어차피 사냥은 필요 없고 명당 찾으려면 빠르게 이동만 하면 되니 날아다니는 몬스터 하나 사면 좋겠다."

역시 내용은 강화에 관련된 것들!

보다 빠르고, 편하게 강화할수록 한시민의 지갑은 뚱뚱해진다.

"레벨 올려서 목걸이도 강화하면 혹시 모를 전투가 벌어져도 굳이 도망칠 필요 없겠지."

거기다 명당에서 마주할 몬스터들에 대한 대처까지.

기본적으로 온라인 게임에서 무기나 방어구, 장신구까지만 한계 지어지던 강화 대상 아이템들이 판타스틱 월드에선 사용할 수 있는 모든 아이템으로 범위가 넓혀졌기 때문에 미처 생각하지 못했던 부분까지 강화의 대상으로 삼아야 했다. 그러다 보니 그의 허리춤에 매달려 있는 주머니가 눈에 들어왔다.

"아!"

내가 왜 이 생각을 못 했을까? 아이템이라면 뭐든 강화할 수 있는 전설의 강화사에게 마법 주머니 강화 또한 의미가 있지 않을까?

'내부가 넓어진다면…….'

굳이 돈을 들여 나중에 마법 주머니를 교체할 필요가 없다!

"와!"

이제라도 생각해 낸 자신이 뿌듯했다.

그리고 굳이 고레벨까지 손가락 빨며 강화로 이익을 볼 수 있는 구간을 기다리지 않아도 돈을 벌 방법까지 떠올랐다.

'이게 하나에 100골드니까 대충 10강 해서 200골드에 팔면…….'

창조 경제!

어쩌면 무기 구해다 강화해 파는 것보다 훨씬 남을 수도 있으리라!

자세한 것은 강화해 그 효과를 보고 결정할 문제지만, 그의 머릿속에선 이미 강화사가 가질 수 있는 모든 이점이란 이점이 적용되어 꿈의 미래를 펼쳐 나가고 있었다.

어차피 상상인데 어때!

이왕 마차에서 며칠 보내야 하는 거 할 수 있는 상상은 다 해보자.

마음먹은 한시민의 머릿속에 또 다른 아이디어가 떠올랐다.

'소설처럼 신체도 강화할 수 있으면.'

팔을 강화하면 힘과 민첩이 5씩 오른다든지, 뇌를 강화해 마력을 올린다든지. 그럼 온몸을 15강 해서 다 쓸어버릴 수 있을 텐데.

피식.

말도 안 되는 생각까지 했다. 그러다 보니 시간은 금방 갔다.

마차에 태워둔 캐릭터를 내버려 둔 채 목적지에 도착할 때쯤 들어와도 무관하지만 어차피 할 것도 없다. 기껏해야 판월이나 뒤지며 시간을 때울 게 뻔했기에 마차에서 판월을 하는 선택을 했다.

뼛속까지 게임 폐인!

조작과 함께 홀로그램이 나타났고 인터넷을 켜 판월 커뮤니티에 접속했다. 동시에 잊고 있던 게시글이 떠올랐고 시선은 자연스레 베스트로 향했다.

"오오!"

99%의 기대를 갖고 향한 시선은 만족을 안겨주었다.

추천수가 다른 글들에 비해 압도적으로 높다.

조회수 역시 마찬가지!

그래서인지 판월 등급도 한 단계 상승해 있었다.

고작 하나의 글로 단계 상승은 이례적인 일.

"후후."

역시 되는 날인가.

기쁜 마음으로 베스트 댓글을 확인했다.

부러워서 며칠째 화장실도 못 가고 있다든지 복통에 병원으로 실려 갔다느니 하는 글들이 도배되어 있으리라.

-15강 축하드리고 약속대로 제 전 재산인 50브론즈 드리겠습니다. 댓글 보면 연락 주세요.

"……엥?"

하지만 그를 반기는 건 전혀 예상치도 못했던 댓글.

뭔 말이지.

의아함에 베스트 댓글들을 아래서부터 쭉 확인했다. 그리고 인상을 찌푸렸다.

"이런 개새……."

감히 날 두고 내기를 해! 그것도 모자라 진 주제에 배를 째?

어그로는 어그로 대로 끌고 교묘하게 빠져나가다니.

커뮤니티에선 흔히 있는 일이지만 비꼬는 댓글을 보니 배알이 꼴렸다. 기껏 만들어 놓은 베스트 글에 숟가락만 얹어 댓글 추천을 먹은 꼴이 아닌가!

"공헌이…… 보이면 뒤졌다."

물론 만날 확률은 극히 드물 것이다.

대륙이 워낙 넓은 데다가 운이 좋아 만난다고 해도 알아볼 방법이 없으니까.

아이디를 중복으로 만들 수 있는 게임의 폐해!

그저 첫 번째 베스트 게시글이 저런 똥 댓글로 더럽혀졌다는 것에 홀로 분노할 수밖에 없었다.

2

하란 성에 도착한 한시민은 정설아에게 대화부터 걸었다.

"설아 씨, 저 왔어요."

-……아! 오셨어요? 죄송해서 어쩌죠? 저희가 지금 메인 퀘스트 진행 중이라 잠시 나와 있는데.

그녀의 목소리엔 미안함이 가득했다.

"오래 걸리시는 건가 봐요?"

-유적 레이드라 언제 돌아갈지 모르겠어요.

"음."

어쩌지?

어쩌긴.

"그럼 제가 그쪽으로 갈게요."

-예?

잠시 고민하다 대수롭지 않게 말했다.

-하지만 여기 몬스터 레벨이……."

물론 태연한 건 한시민뿐.

"몇인데요? 혹시 제가 끼면 안 되는 자리면 기다리고요."

-그런 건 아닌데 몬스터 레벨이 25고 레이드할 네임드는 35예요.

"적당하네요."

―네?

"좌표 찍어주시면 갈게요."

―……네.

아주 당연한 듯 내뱉는 말에 당황하던 정설아가 이내 알겠다며 좌표를 불러주었다.

본인이 오겠다는데 마냥 만류할 수도 없는 노릇!

게다가 남도 아니지 않은가.

"가 볼까."

대화를 끊은 한시민이 곧장 강화소로 향했다.

큰소리쳐 놨으니 쪽팔리지 않으려면 준비가 필요한 법.

"스승님!"

"왔냐."

"……왔냐라뇨. 제자가 15강을 대륙 최초로 성공해서 왔는데!"

짜잔!

위풍당당 진홍빛을 뽐내는 단검의 등장에 심드렁하던 칸의 눈빛에 이채가 서렸다.

그러곤 이내 한숨이 나왔다.

"설마 진짜 성공할 줄이야."

"제가 뭐라 했습니까. 된다고 했죠?"

"……."

온갖 감정이 뒤섞인 칸을 보며 단검을 건넸다.

아닌 척하던 칸도 조심스레 단검을 받고 이리저리 살폈다.

강화사의 꿈! 신화 무기!

그걸 두 눈으로 직접 보는 날이 오다니.

"스승님, 이제 칸 가문이 최고 아닙니까."

"최고는 무슨."

부정하면서도 올라간 입꼬리는 그의 심정을 대변한다.

한시민이 뿌듯함을 느꼈다. 나름 그에게 가문의 비전을 알려준 보상을 충분히 한 것만 같은 기분이랄까!

해서 당당하게 말할 수 있었다.

"그래서 말인데요. 저 강화석 좀 주시면 안 돼요?"

"……뭐?"

"이제 15강도 했겠다. 가서 멋있게 자랑 좀 하려고 하는데 방어구가 11강밖에 안 돼서 좀 불안해요. 13강씩은 하게 강화석 좀 주세요."

"……."

밑도 끝도 없는 구걸에 칸이 웃었다.

어이가 없어서.

룰루!

콧노래가 절로 나온다.

이유는 하나!

['시민' 님께서 '+13 늑대 가죽 상의' 강화에 성공했습니다!]

['시민' 님께서 '+13 늑대 가죽 하의' 강화에 성공했습니다!]

['시민' 님께서 '+13 늑대 가죽 모자' 강화에 성공했습니다!]

['시민' 님께서 '+13 늑대 가죽 장갑' 강화에 성공했습니다!]

['시민' 님께서 '+13 늑대 가죽 신발' 강화에 성공했습니다!]

업그레이드되는 스펙! 중첩되는 오라 효과!

13강 오라는 기대에 미치지 못했지만 티끌 모아 태산이라고 다섯 피스 모두 13강이 되니 체력 회복이나 방어력 증가 같은 옵션이 짭짤하게 적용됐다.

[레벨이 올랐습니다.]

[스탯 포인트-20를 획득했습니다.]

거기에 보너스까지!

"이 정도면 되겠지."

하도 어이없어 무시조차 못 하는 칸에게 앙탈을 부려 뜯어낸 열 개의 강화석으로 정설아가 있는 곳까지 가기 위한 준비를 마친 한시민이 뿌듯하게 거울에 비친 모습을 보았다.

제법 준수한 외모와 키!

입고 있는 가죽에서 발광하는 황금빛은 그가 감히 레벨 8이라 생각하지 못할 만큼 화려하다.

"후후."

대가로 몇몇 유저는 한시민이 단순히 운만으로 강화하지 않는다는 걸 어렴풋이 눈치챘을지도 모른다. 이미 판월 커뮤니티를 통해 강화 확률을 높일 수 있다 밝혔지만 고작 20% 상승으로 연속 다섯 개의 13강을 만들어낼 수는 없는 노릇이니까.

하지만 개의치 않았다.

단검을 15강 하며 다짐하지 않았던가!

'다른 사람들 눈치 보지 않고 벌겠다!'

어차피 베타고도 그의 능력을 안다.

알고 족쇄를 채웠다.

이 정도 족쇄면 한시민을 게임에 두어도 괜찮겠다고 판단을 했다는 것이고 한시민은 나름대로 강화를 위해 명당을 찾아다니며 개고생하고 있다.

그런 마당에 다른 유저들의 눈치까지 보면 게임이 더 이상 게임이 아니라 스트레스받는 직장이 될 수밖에 없다!

해서 막 질렀다. 지르고 나니 후련했다.

마음 같아선 모두 15강까지 지르고 싶었지만 14강부턴 그의 능력을 사용해도 실패 확률이 존재할뿐더러 명당을 찾아나서는 것도 일이기에 13강까지로 만족했다.

'잠깐 쓰다 말 건데.'

무기와 방어구의 이중 잣대!

한껏 자신감이 업 된 한시민이 성을 나섰다.

정설아가 알려준 좌표까지 가는 길은 멀 뿐 어렵진 않았다.

"뒤져!"

푹!

"키에엑!"

지나가는 길에 마주하는 늑대든 고블린이든 15강 단검 앞에선 맥을 추지 못하고 죽어 나갔으니까.

그뿐만이 아니다.

푸슉-

팅!

"뭐야. 어디서 모기가 무나."

날아오는 독침도 13강으로 도배한 한시민의 방어력을 뚫지 못하고 꼬리를 말았다. 불과 1주 전, 고블린에게 도망쳤던 치욕을 갚기에 오히려 좋은 상황!

"뒤져!"

"크에엑!"

"킥킥!"

컨트롤?

그런 건 없다.

그저 달려가 찌른다.

아이템 효과로 모든 스탯이 골고루 높은 한시민에게 잡힌 고블린들은 그대로 목에 진홍빛 단검이 박혀야만 했다.

"크, 이 맛에 게임하지."

짜릿한 쾌감이 등골을 스친다.

온라인 게임에서 고강화 무기와 아이템들로 도배해 혼자 최고 레벨 던전을 휩쓸어버릴 때와는 또 다른 매력이 있다.

가상현실이라는 또 다른 내가 직접 살아 숨 쉬는 공간이기 때문!

고작 20레벨 고블린이라 해도 압도적인 힘은 성취감을 느끼게 해준다.

"이래서 다들 빚내서 캡슐을 사는구만."

본인도 전 재산을 털어 산 주제이기에 더 이해할 수 있다.

많은 강화를 통해 강화의 맛에 제법 무덤덤해졌다고 생각했었는데 다시금 본능 저 밑에 숨겨져 있던 욕망이 꿈틀대는 기분!

온몸에 15강 아이템을 두르고 유저들 앞에 군림하고 싶은 욕구!

수백 명 사이를 휘저으며 학살하는 그림은 유저들의 돈을 빨아먹기 위해 만든 웹 게임에서나 가능한 것이었는데 왠지 여기서도 될 것만 같다.

"아냐, 시민아. 진정해."

저도 모르게 지갑을 열 뻔한 한시민이 고개를 저었다.

적당한 선을 유지해야 한다. 이 기분에 취하다 보면 판타스틱 월드를 시작한 본연의 이유를 잊고 캐릭터가 강해지는 데만 모든 시간과 돈을 쏟아부을 것이다.

그러다 보면 때를 놓쳐 강화 아이템들의 시세가 떨어지겠지.

그런 실수를 범하면 안 된다.

팔 수 있을 때 팔고 즐기는 건 적당히 즐기자.

"으하하하! 다 덤벼!"

[레벨이 올랐습니다.]

한시민의 유희는 9레벨을 알리는 홀로그램과 함께 끝났다.

4

징벌의 사막.

판타스틱 월드 첫 번째 시나리오 퀘스트의 종점.

모험가의 등장과 함께 범람하기 시작한 몬스터 군단의 비밀을 조사하기 위해 네임드 몬스터를 잡아 자격을 증명하고, 징표를 얻어 퀘스트의 줄기를 타고 오다 보면 도착할 수 있는 장소!

아인 왕국의 퀘스트 장소는 이곳이었다.

“생각보다 많네.”

“적어도 스물다섯…….”

“순서는 어떻게 정하지?”

사막에서 흘러나오는 악의 기운을 조사하고 유적을 지키는 네임드 몬스터를 퇴치하라!

사냥하며 동시에 퀘스트까지 꾸준히 클리어한 유저들이 하나둘 모였다.

모두 랭킹 페이지를 열면 확인이 가능한 이들. 자연스레 서로가 서로를 경계하는 분위기가 연출됐다.

당연한 것!

퀘스트는 이곳의 모든 유저에게 주어졌고 퀘스트를 완료할 네임드 몬스터는 한 마리다.

리젠?

시나리오 퀘스트에 리젠이란 없다.

스토리의 한 부분을 담당하는 몬스터가 리젠된다면 몬스터가 죽은 이후 진행되어야 할 이야기가 전혀 의미 없어져 버리니까.

그렇기에 모두가 힘을 합쳐 잡아도 된다.

판타스틱 월드엔 기여도 시스템이 있어 열심히 한 만큼 보상이 돌아가고 특히 시나리오 퀘스트는 조금이라도 공헌도가 있으면 메인 퀘스트에 걸린 보상을 얻을 수 있으니.

‘무조건 우리가 먹어야 해.’

‘뒤치기 하기엔 보는 눈이 많고…….’

하지만 그건 유저들에겐 있을 수 없는 이야기!

서로가 서로를 경계하는 이유가 나눠 먹고 싶지 않다는 생각 때문인데 누가 연합을 구성하겠는가.

혹여 자신이 보상을 먹지 못하더라도 남 잘되는 꼴은 죽어도 못 보는 유저들의 특성상 모여 있는 서른가량의 유저가 힘을 합쳐 퀘스트를 완료하는 일은 벌어지지 않을 것이다.

"시간을 지체하면 더 많은 사람이 올 거예요. 합의를 보죠."

"좋아요."

"좋습니다."

징벌의 사막 초입에서 계속 시간을 보내던 이들이 정설아의 말에 수긍했다.

여기 모인 사람은 전부 일분일초를 쪼개 게임하는 자들.

이런 시간마저도 아까운 건 공통적인 생각이다.

"순서를 어떻게 정하면 좋을까요?"

"투표로 하는 건 어떻습니까."

"웃기네. 그쪽 길드가 사람이 제일 많잖아요."

"가위바위보?"

"뭐든 공평하기만 하면 상관없어요."

각 무리의 대표들이 나와 의견을 제시했다. 당연히 쉽게 절충될 리 없었다. 침묵보다 더 긴 논쟁이 이어졌다.

정설아가 침착하게 대화를 이끌어 보려 했지만 씨알도 먹히지 않았다.

다들 현실에서는 몰라도 게임에서는 한 목소리 내는 이들! 누구의 말을 듣는다는 건 곧 손해 본다는 느낌일 수밖에 없다.

"그럴 바엔 그냥 게임의 룰을 따르죠."

지끈거려 오는 머리에 정설아가 옅은 한숨을 내쉬며 참다 못해 내뱉었다.

"……."

"……."

순간 침묵이 내려앉았다. 동시에 아까와는 차원이 다른 긴장감이 흘렀다.

왜 그 생각을 못 했지?

너무나도 야만적인 방식이었지만 누구도 반대하지 않았다.

여긴 게임이니까!

워낙 현실감 넘쳐 잠시 망각했을 뿐이지 서로가 서로를 죽여도 다시 살아나며, 그저 마음에 들지 않는다는 이유만으로도 상대방을 죽여도 되는 그런 곳이다.

특히 여기 모인 이들은 최상위권, 그러니까 판타스틱 월드에서 앞서 나가며 많은 것을 얻기 위해 현실보다 많은 시간을 게임에서 보내고 있지 않은가.

경쟁자를 48시간이나 접속하지 못하게 만들 좋은 기회를 마다할 리 없다. 다만 누구도 먼저 나서지 못했다.

서른 명의 유저, 다섯 세력의 숫자는 공평하지 않지만 머리가 돌아간다면 어떤 식으로 싸움을 이어가야 본인들에게 유리할지 정도는 충분히 계산이 가능하니까.

"……하아."

본의 아니게 이런 상황으로 이끈 정설아가 물러서며 한숨을 내쉬었다.

가장 확실한 방법이지만 동시에 제일 어리석은 방식이다.

모두 함께 죽는 길!

징벌의 사막 오아시스를 지키는 네임드 몬스터의 레벨이 35임을 생각해 보면 현재 20레벨 초반 대의 유저들은 싸울 게 아니라 힘을 합치는 게 맞다.

스페셜리스트 역시 좋은 장비를 갖추고 있다 해도 그들끼리 레이드하기엔 상당한 위험부담을 감수해야 한다.

하나 어쩔 수 없다. 그녀 역시 뒤통수를 신경 쓰며 레이드하느니 확실하게 작금의 상황을 정리하고 가는 편이 낫다는 판단하에 그런 말을 꺼낸 것이니.

묘한 대치 속 촬영을 시작했다.

유치하지만 게임 속 서열을 증명하기 위한 수단.

그건 다른 길드들 역시 마찬가지였다.

"다들 눈치만 보실 겁니까?"

"저놈 입 터네요. 먼저 칠까요?"

"저기 구석에서 조용히 지켜보는 세 명 장비가 장난 아닌 것 같은데."

그리고 시작된 사전 전투.

이간질!

온라인 게임에서의 전통은 가상현실에서도 이어졌다.

“사람 제일 많은 쪽부터 힘을 합쳐 조지죠.”

“그런 다음 싸워도 괜찮을 듯.”

“우린 한 놈만 본다! 까불지 마라!”

한번 점화된 불길은 쉽게 사그라지지 않는다.

그나마 얼굴을 맞대는 가상현실이기에 잠시나마 차렸던 예의는 어느 순간 사라지고 고성이 오가는 자리가 되어버렸다.

과열된 분위기!

홧김에 누군가 먼저 달려들 법도 하건만 다들 주저하며 눈치를 본다.

“흥, 아가리는 잘 놀리면서 48시간 접속 페널티는 무서운가 보지?”

“너 하나쯤은 일대일로 뜨면 바를 수 있다.”

“덤벼보든가.”

오래가지는 않을 것이다. 아무리 페널티가 두려워도 이들 대부분은 자존심이 강하니까. 노골적인 도발임을 알면서도 자신에게 향하는 욕을 듣고 참고만 있을 이는 별로 없다.

특히 게임에서는 더더욱.

“너 이 새끼, 한 번만 더 지껄이면 너 죽고 나 죽는 거다.”

“병신, 너만 죽는 거겠지.”

“이런 개새!”

아슬아슬한 균형은 누군가의 폭발로 무너진다.

그게 신호탄이다. 눈치 보던 이들이 혼란 속에서 교묘하게 이득을 취할 전투의 시작을 알리는 신호탄.

자신의 무리에서 이탈해 적진으로 뛰어드는 유저를 모두가 침을 삼키며 지켜본다.

저 유저가 죽는 순간! 그리고 유저의 무리가 복수하기 위해 움직이는 순간!

메인 퀘스트보다 긴장감 넘치는 장면이 벌어지려던 찰나.

"설아 씨!"

"……?"

"……?"

한시민이 나타났다.

'뭐야, 저건?'

'무슨 이펙트가…….'

과열됐던 분위기가 일순 사그라질 만한 화려함을 뽐내며.

"저 왔어요!"

동시에 한시민에게 향하던 모든 시선이 그가 손을 흔드는 방향으로 이동했다.

"……."

그곳엔 한 걸음 물러서 사태를 지켜보던 스페셜리스트가 위치하고 있었다.

지독한 침묵이 흐르는 전장.

"언니, 왠지 우리 좆된 거 같아."

"……."

정설아도 그렇게 느꼈다.

5

"잠깐! 동작 그만!"

뭐야, 이 분위기는. 왜 부르지도 않은 너희가 가로막는 건데?

이상하게 흘러가는 상황에 인상이 절로 찌푸려진다.

마치 등장하면 안 될 타이밍에 등장해 주인공을 곤란에 처하게 만드는 민폐 캐릭터 같잖아!

"누구냐!"

"저요?"

게다가 등장만으로 상황은 새로운 국면을 맞이했다.

서로를 경계하던 이들이 약속이라도 한 듯 한시민과 스페셜리스트 사이를 가로막으며 한 무리가 된 것!

불과 몇 초 전까지만 해도 검을 휘두를 분위기였던 게 믿기지 않을 정도.

"……."

"언니, 어떻게 해?"

덕분에 굿이나 보고 떡이나 먹으려던 스페셜리스트는 굿을 직접 해야 할 상황에 처했다.

상당히 안 좋은 전개.

"뭐야, 메인 퀘스트 한다더니 왜 유저들이랑 싸우고 있어요?"

"……."

그런 상황에서 날아오는 속 편한 질문에 대답해 줄 수 없었다.

'님 때문에요'라고 어떻게 말하겠는가!

한숨을 내쉬어 봤자 아무것도 바뀌지 않는다. 타이밍이 안 좋았을 뿐 한시민의 잘못도 아니다. 굳이 따지자면 운이 나빴다.

"어쩔 수 없지."

가장 먼저 이런 상황을 제안한 건 정설아다. 이제 와 대화로 풀자 해도 들어줄 리 없다.

"역시 한편이었군!"

"손에 반지도 없는 걸 보면 퀘스트와 관련 없는 사람 같은데."

"용병! 이런 비겁한!"

"처음부터 우리의 내분을 조장하고 싸우게 만든 뒤 용병을 불러 싹쓸이할 셈이었어!"

이런 말도 안 되는 오해까지 하는 마당에 무슨 말이 통하겠나.

깔끔하게 유적 레이드 순서를 포기한다 해도 의심하며 덤벼들 것이다.

"우선 저 사람들부터 칩시다! 공평하고 공정한 레이드를 위해!"

"좋소!"

"그럽시다!"

"……."

일련의 상황을 지켜보던 한시민만이 당황스러움을 감추지 못할 뿐.

그의 등장으로 하나가 된 유저들이 숙덕거리더니 일부는 한시민을, 그리고 나머지는 스페셜리스트를 향해 몸을 돌렸다.

"빠르게 정리하고 우리끼리 대화하죠."

"용병을 부를 정도면 어차피 순서를 정했어도 뒤치기를 했을 테니."

"아니, 저기 제 말 좀……."

"닥쳐라!"

집단의 무서운 점은 소수의 의견을 무시하기 쉽다는 것이다.

하나가 된 이들에게 있어 한시민이 나타난 이유 따위는 전혀 중요치 않다.

오로지 명분!

가장 먼저 이 경쟁에서 뒤처질 경쟁자를 정할 명분만이 필요할 뿐!

스물의 유저 중 다섯이 한시민에게 달려들었다.

그래도 혹시 모르니 촬영하는 영상에 논쟁이 될 만한 말들이 나오기 전에 죽일 심산.

"아씨. 뭐야, 이게."

아무리 게임이라도 그렇지! 너무한 거 아닌가.

"설아 씨! 도와줘요!"

"……."

얘네 20레벨 넘잖아요. 전 9렙이라고요!

사람 벽 너머로 외쳐 보았지만 돌아오는 대답은 없었다.

도와주고 싶어도 반대편으론 그에게 다가오는 수의 세 배가 달려가고 있다.

"미친."

돈 벌러 와서 웬 날벼락이란 말인가!

멀리서 보니 뭔가 바글바글 모여 있어 잠재적 고객들인 줄 알고 반가워 뛰어왔건만.

어째 한마디 말 한번 들어볼 생각 안 하고 죽이려 든다.

선택의 기로!

오자마자 강제적으로 두 가지 갈림길이 주어졌다.

튀느냐, 마느냐!

다행히 스탯은 충분하다.

저들 중 민첩에 모든 스탯을 때려 박은 놈이 있어도 도망칠 수 있다. 그리고 싸워도 13강의 방어구 세트 덕분에 어쩌면 한둘은 데려갈 수 있을지도 모른다.

다굴 맞다 보면 죽겠지만 죽음에 대한 페널티는 아직 없으니 고민하는 것!

"악당들! 지나가는 선량한 시민을 죽이려 하다니. 따끔한 맛을 보여주마!"

사실 고민할 필요도 없는 문제다.

여긴 게임이니까!

그리고 한시민은 초보자니까.

이 두 가지 조건이 존재하는 한 드래곤 앞에서도 도망칠 필요가 없다.

'죽으면 좋지 뭐, 강화석도 몇 개 없는데.'

그만 죽겠는가!

열다섯이 넘는 유저에게 둘러싸인 스페셜리스트 역시 죽어 하란 성에서 부활할 것이다.

그렇게 된다면 48시간 뒤에 강화하는 일이 벌어지겠지만 골드에 발이 달린 것도 아니니 상관없다.

그러니 길드의 어려움을 함께 해결해 주는 척이라도 하는 게 그에겐 이득이다.

그로 인해 변질된 상황이지만.

"님들, 저 레벨 9니까 살살 좀요."

"지랄!"

"개소리는 로그아웃하고 방구석에서 해라!"

적당히 물러나며 뛰어오는 다섯에게 자비를 부탁했다.

단검을 믿고, 방어구를 믿지만 다섯이라는 숫자는 부담된다. 아무리 옵션이 좋아도 압도적인 힘을 보여주기엔 레벨이 낮기에.

해서 방어하기 위해 단검을 들었다. 정설아처럼 모든 공격을 피할 만큼의 컨트롤이 안 되니 막아야지 어쩌겠는가.

맞으면서 싸우기엔 상대방의 공격력을 가늠할 수 없어 자제하기로 했다.

팅-

덕분에 가장 먼저 다가온 유저의 공격은 막았다.

생각보다 수월하게.

상대방 유저의 표정에 놀람이 깃들었다.

놀랄 만하다. 스탯도 스탯일뿐더러 단검 자체에 붙은 공격력이 워낙 대단하니.

"뭐, 뭐야! 왜 내 체력이 닳아!"

게다가 오라의 효과로 그가 내려친 공격력에 비례해 차감된 대미지가 고스란히 반사된다.

그뿐이랴!

['타오르는 상처' 효과에 노출됐습니다! 1중첩!]

그야말로 사기적인 15강 오라의 효과!

그럼에도 유저는 금세 안정을 되찾았다. 일대일이었다면 공격 의지를 잃었을지도 모르지만, 그의 뒤엔 네 명의 딜러가 더 있었고 그 뒤엔 그를 보조해 주는 힐러와 마법사도 소수지만 존재한다.

"흐흐, 뒤져!"

그의 임무는 마주한 한시민의 진홍빛 단검의 움직임만 제한하면 그걸로 충분한 셈!

기다렸다는 듯 뒤에서 네 명이 다가와 한시민을 포위하고 각자의 무기를 찔러 넣었다.

"으악!"

기겁하며 서둘러 몸을 뒤로 날렸지만 안타깝게도 사방에서 날아오는 공격을 피할 컨트롤을 보유하고 있지는 않았다.

'설아 씨였다면……!'

피했겠지.

이 빌어먹을 몸뚱이! 주인 말은 들어 처먹지도 않네!

고통은 없겠지만 깎여 나갈 체력에 긴장하며 단검을 고쳐 쥐었다.

그래도 명색이 13강 방어구인데 한 번에 죽진 않으리라!

그렇게 믿고 싶었다.

눈앞의 유저들이 고블린이었다면 이렇게까지 긴장하진 않았겠지만 이들은 정설아와 같은 수준으로 게임을 플레이하는 유저들!

두른 아이템 역시 눈대중으로만 수백만 원이 넘는다.

당연히 스탯 역시 추가적으로 더덕더덕 붙어 있을 터.

'오라로 체력 채우고 여차하면 힐도 써서…….'

버티고 찌른다!

한시민이 선택한 차선책.

파파팟-!

하나의 공격이 빗나가고 검과 창, 그리고 도끼가 한시민의 몸을 찔렀다.

생각보다 많은 숫자!

'젠장.'

인상이 절로 찌푸려진다.

체력이 많이 깎였겠지?

확인하며 단검을 휘둘렀다. 다행히 죽진 않았으니 한 놈이라도 죽인다!

"……엥?"

하지만 그 의지를 실천하지 못했다. 전투의 흐름이 끊겼기에.

"뭐야."

"……?"

"……?"

한시민과 싸우던 유저들도 멈칫했다.

그들의 시선이 한곳에 얽혔다. 모두 다른 장소에서 다른 캡슐로 게임을 플레이 중이지만 지금 당장 느끼는 바는 똑같았다.

"……다시 찔러봐."

"……."

침묵 속, 당사자가 상황 납득을 위해 입을 열었다.

진홍빛 단검은 차분히 바닥을 향했고 두 팔이 무방비 상태로 벌어졌다.

"체력이 안 닳았는데……."

"……."

공격을, 그것도 딜러의 스킬을 맞았음에도 크게 변동이 없는 체력을 보며 깨달았다.

'얘들도 고블린보다 나은 게 없구나.'

무시했던 13강 방어구들의 가치가 재평가되는 순간이었다.

한시민에게 간 다섯의 유저를 제외한 나머지는 스페셜리스트에게 향했다.

숫자가 한시민보다 세 배 많으니 상대하는 이들도 세 배!

"몸 둘 바를 모르겠네."

공평한 인원 분배에 강예슬이 입꼬리를 말아 올렸다.

이런 상황에서 무슨 말이 더 필요하겠는가.

문답무용!

게임에선 강한 놈이 갑이다.

촬영을 통해 억울함을 호소해 봤자 결국 제삼자들은 힘없는 유저들을 비웃으며 그럴 거면 게임을 하지 말고 돈이나 열심히 벌라고 비아냥거리겠지.

그렇기에 이겨야 한다.

"언니, 파이팅!"

"나는?"

"오빠는 열심히 맞아."

다섯과 열다섯의 차이는 상당하다. 특히 싸우는 입장에서 느끼는 부담감이란 세 배, 그 이상이다.

하지만 스페셜리스트는 담담했다. 여기 있는 대부분의 유저가 그렇겠지만 이미 수많은 게임을 경험한 베테랑들!

가상현실은 처음이지만 적의 수가 얼마가 됐든 언제나 이겨왔던 기억은 어떤 상황에서도 침착하게 만들어준다.

게다가 서로를 향한 믿음은 자신감마저 상승시켜 준다. 그 자신감은 정설아로 하여금 달려오는 유저들을 향해 오히려 덤벼들게 만들었다.

무모함이 아닌 전략!

후진보단 전진이 원하는 자리를 선점하기 편하고 좀 더 넓은 공간을 사용할 수 있다.

순식간에 좁혀오는 유저들을 보며 빠르게 계산했다.

'열.'

직접적으로 상대해야 하는 숫자.

다섯은 뒤에 빠진 힐러와 마법사.

그들을 가장 먼저 치면 좋겠지만 달려오는 열 명의 유저가 허용할 리 없다.

힐러와 마법사를 최우선 순위로 보호해야 하는 건 PK뿐 아니라 레이드나 사냥에서도 공통적으로 적용되는 사항이니까.

해서 그들은 계산에서 제외했다.

뚫는다!

어차피 열 명의 유저를 뚫으면 그들은 무방비 상태로 노출될 수밖에 없다.

"하앗!"

예쁜 외모에서 나오는 거센 기합과 함께 검이 가장 가까이의 유저를 향해 휘둘러졌다.

어느새 정현수가 그녀의 옆에서 거대한 방패를 들어 호위하고 있었다.

포위망이 형성되는 와중이지만 침착하게 눈앞의 유저에게 전력을 다한다.

챙-

검과 검이 맞부딪치는 소리와 함께 견적을 낸다.

'빼고 찌른다.'

그녀의 전투에 대한 감각은 상상을 초월한다.

일반인 수준이 아니다. 특공 무술을 가르치던 이들마저도 감탄하던 재능이다.

그 재능에 어려서부터 배운 수많은 기술이 접목됐다.

평생 몸을 직접 움직인 경험이라곤 축구, 농구, 기껏해야 태권도나 검도 수준인 이들이 감당할 수 있을 리 없다.

푹-

"으억!"

부딪치는 순간 자연스럽게 흘러내며 튕겨낸 뒤 목을 찌르는 검에 유저가 숨을 들이켰다.
언제, 어떻게, 왜!
이해하기도 전에 체력이 바닥으로 추락했다.
안타깝게도 그 유저에겐 한시민처럼 검을 튕겨낼 대단한 방어구가 없었다.

[치명상을 입었습니다!]
[상태 이상-경직에 걸렸습니다.]

동료들이 있지만 그들보단 목에 박힌 검이 더 가깝다.
정설아의 검은 남아 있는 체력을 채울 시간을 주지 않았다.
한 명의 유저가 로그아웃당했다.
"이런 미친!"
물론 그 시간 동안 다른 유저들도 멍청하게 구경만 하진 않았다. 그녀와 정현수를 중심으로 포위망이 형성됐다.
아홉의 딜러!
정현수가 막고 정설아가 공격한다 해도 컨트롤만으로 극복하기엔 무리가 있다.
게다가.
"마법사는 힐러 맡아주세요!"
홀로 동떨어진 강예슬의 힘마저 기대할 수 없는 상황.
정설아가 저도 모르게 앵두 같은 도톰한 입술을 깨물었다.

힘들다. 변수가 없는 한.

'마법사와 힐러만 어떻게 해도…….'

비장의 카드가 있긴 하지만 힐러가 죽고 나면 그마저도 상황을 뒤집진 못할 것이다. 그 순간, 정설아의 시선이 그녀를 둘러싸고 있는 유저들 너머로 향했다.

그러면 안 되는 걸 알면서도. 그런 일은 벌어지지 않으리란 걸 누구보다 냉철하게 파악하고 있으면서도.

'시민 씨라면.'

어쩌면.

변수를 티끌보다 작은 확률을 뚫고 기회를 만들어주지 않을까.

"……!"

미인의 간절한 소망은 언제나 하늘이 들어준다.

정설아의 시야에 사악한 미소를 띤 채 마법사와 힐러들에게 조심스럽게 접근하는 한시민이 들어왔다.

찡긋.

윙크를 건네며 사정없이 힐러의 목에 단검을 찔러 넣는 그가 외쳤다.

"단검 한 방이면 꼼짝 못해! 새끼들아! 다 뒤져!"

초보자의 폭주가 시작됐다.

to be continued